17
17

NOTICES.

INTRODUCTION.

Lorsqu'on est avancé du *mauvais côté de qua-rante ans*, comme disent les Anglais, et qu'on a assisté aux terribles scènes de désorganisation sociale qui, sous le nom de révolutions, ont désolé, souvent même ensanglanté le monde, depuis la fin du siècle dernier, on est à la fois attristé du passé, inquiet du présent, effrayé de l'avenir. L'âme éprouve donc le besoin de se replier sur elle-même et de se réfugier dans les souvenirs de la jeunesse. L'auteur des notices qu'on va lire n'a pas atteint l'âge de Nestor; mais il croit avoir comme lui le droit de dire aux générations nouvelles de son époque : « J'ai vécu avec des hommes qui valaient mieux que vous. » Et il le dit, dût-on en conclure plus favorablement pour sa franchise que pour sa politesse.

Excepté les libraires qui ont leurs raisons

pour aimer les mémoires fabriqués à tant la feuille, on se plaint généralement de ce que trop de gens veulent absolument instruire le public des détails de leur vie privée. Peut-être faudrait-il se borner à blâmer les auteurs d'avoir publié des faits qui ne devaient véritablement intéresser qu'une seule famille ou qu'une seule société. Mais dans ce genre d'ouvrages, il en est qui n'étant pas de pure fabrique, et objets seulement de spécula-tion, ont leur beau côté, et peuvent servir comme moyen d'instruction..... l'instruction, avantage que je ne cesse de souhaiter à cette jeune France, qui se plaint de n'être pas comprise, et qui quelquefois ne se comprend pas elle-même ! L'ignorance du temps actuel me frappe plus, je l'avoue, que l'excès de ses lumières; du moins en histoire contemporaine (1). Je m'afflige sans cesse, moi tout le premier, de n'avoir plus à consulter tel parent, tel ami, tel vieillard, sur des particularités secrètes, curieuses, qu'ils ont emportées dans la tombe. Oui sûrement, qui-conque a vécu de la vie du monde, de la vie sociale ou politique, aurait raison de confier au

(1) Je trouve les chroniqueurs chantans du Vaudeville fort amusans, quand ils ne donnent pas trop dans le terrible; mais n'en déplaise à quelques-uns d'entre eux dont j'apprécie d'ailleurs le talent dramatique, à force de vouloir être historiques, ils finiront par défigurer l'histoire.

papier ce qu'il a vu et entendu de plus remarquable, de retracer ce que d'autres que lui n'ont pas été dans le cas de recueillir aussi bien. C'est même pour ceux qui regrettent si vivement de ne pas mieux connaître le temps passé, une obligation absolue de ne rien négliger, afin d'épargner de semblables regrets aux êtres chéris qui doivent leur survivre. Toutefois, rédacteurs de mémoires, ne vous exposez pas au grand jour de l'impression, à moins que votre nom, votre talent ou votre existence dans le monde, ne donnent de la consistance à votre témoignage et à vos récits; à moins que vous ne soyez sûrs de la confiance qu'on vous accordera, en raison de votre caractère, de votre position, ou de ce qu'il est convenu maintenant d'appeler vos *antécédens*.

Eh! qui donc ne souffrirait pas d'être exposé à se laisser apprendre des choses qu'il sait très bien, par des gens qui ne s'en doutent même pas? C'est pourtant ce qui arrive tous les jours à des hommes âgés, que leurs souvenirs ne trompent guère plus que leur conscience. Mûris par de longues réflexions, ils ont fait avec justice et impartialité la part de ce qui était évidemment défectueux, répréhensible même, dans la première partie des temps qu'ils ont traversés. Mais quand on ose, contre toute évidence, affirmer qu'avant le mois de juillet 1789, il n'y avait en France, dans les classes supérieures de la société, que désordres, sottises, vices, prétentions exagérées, absence d'instruction et même d'envie d'en acquérir, vanité, corruption, abus de crédit, etc. ; nous avons bien le droit, nous qui sommes de ces temps-là, de signaler les exceptions.

Je me borne à un seul point. Depuis quinze à vingt ans surtout, c'est à qui peindra en charge les douairières du faubourg Saint-Germain. Cette guerre contre le *noble faubourg* (ainsi qu'on le nomme par dérision), a surtout été alimentée par Buonaparte, qui ne pouvant attirer toutes les vieilles familles dans ses antichambres, les exposait aux sarcasmes de ses écrivains officiels et à la jalousie des princes de la chaussée d'Antin. Ceux-ci, gorgés de richesses et d'honneurs, ne pardonnaient pas aux gentilshommes restés fidèles aux droits du malheur, de jouir d'une considération que ne donnent pas les sacs d'écus. On se plaît encore à ne nous montrer que des duchesses, des marquises, des comtesses, pleines d'orgueil, de fiel et d'impertinence; enfin des femmes qui n'auraient pas admis un homme dans leur salon, sans s'informer s'il était *né*(1).

(1) Deux auteurs de notre temps, pleins d'esprit tous les deux et surtout d'esprit d'observation, habiles à saisir le ridicule, quelquefois même à le supposer, ont été les premiers à mettre sur la scène des femmes du grand monde, demandant si un homme,

Molière, Regnard, Destouches et Lesage, admis partout, prenaient pour champ d'observation les différens ordres de la société; ils étaient en position de signaler d'après nature quelques ridicules, quelques travers même d'un sexe dont au surplus on a dit avec raison :

Ses vertus sont de lui, ses défauts sont de nous.

Mais si vous n'avez jamais vu que la loge du portier, ou l'antichambre des maisons que vous prétendez connaître parfaitement, lisez donc, pour vous instruire sur ce qu'étaient certaines femmes du dix-huitième siècle, lisez les *Confessions* de J.-J. Rousseau, les *Éloges* de madame Geoffrin par trois académiciens philosophes, enfin les

---

très présentable d'ailleurs, *était né*. Ni un proverbe dramatique ni un vaudeville, fût-il même transformé en comédie en cinq actes, ne font autorité, et je proteste contre la vraisemblance, presque même contre la possibilité, que jamais la prétendue question ait été posée ainsi par des dames de notre ancien régime.

Je profiterai de l'occasion pour m'inscrire aussi en faux contre une assertion beaucoup plus importante, ou plutôt contre un mensonge convenu, en faveur duquel on aurait tort d'invoquer une prescription de quarante ans. Je veux parler du fameux *bal des victimes* dont la réputation funeste est devenue européenne : et pourtant il n'a jamais existé, sous ce nom du moins, que dans l'imagination de quelques historiens révolutionnaires ou, si l'on veut, gobe-mouches, et dans la crédulité de leurs lecteurs. La réfutation va se trouver dans une lettre que j'ai cru devoir transcrire à la suite de cette Introduction. (Voir page 9.)

Mémoires des hommes les plus connus dans les lettres à cette époque, et vous verrez s'ils étaient dédaignés, repoussés, par la maréchale de Luxembourg, par la duchesse d'Anville, par la duchesse de Villeroy et bien d'autres encore de ces personnes que l'on désignait alors comme de *grandes dames*.

On m'objectera qu'elles trouvaient leur compte à exercer leur protection envers des écrivains qui, en reconnaissance, répandaient leurs noms, la réputation de leur esprit et de leurs grâces, jusqu'aux extrémités de l'Europe. C'est par calcul, dira-t-on encore, qu'elles flattaient la vanité des gens de lettres, qui eux-mêmes en possèdent une assez forte dose, il faut en convenir.

Eh bien ! répondrai-je, ce n'était pas à la naissance, au prestige des grandeurs, que l'élite des savans et des littérateurs du siècle dernier, allait rendre hommage, quand ils remplissaient la chambre de madame de Tencin, réduite à tenir un bureau d'esprit; le salon de madame Geoffrin, ceux de mademoiselle L'Espinasse, de mesdames Doublet de Persan, Dupin, etc., etc. Non, il n'était pas nécessaire qu'une femme appartînt à la cour, qu'elle eût des droits au tabouret ou à tel autre honneur royal, pour être en possession d'offrir chez elle un moyen agréable de réunion, aux illustrations de tout genre dans la société, et principalement dans les

sciences et les lettres, voire même au mérite
modeste et obscur.

Ayant, par circonstance, été chargé dans la
Biographie universelle, de parler de plusieurs
femmes distinguées du règne de Louis XV, je
viens encore en recommander trois à l'intérêt de
ces bons jeunes gens dont la docile ignorance ne
demande qu'à être éclairée; mais je les recom-
manderai aussi à la justice des dépréciateurs de
notre vieux temps. Si les notices que j'ai con-
sacrées à mesdames Thiroux d'Arconville, de
Montrond, et de la Tour-Franqueville, toutes
trois de la même famille, ne sont pas d'un
intérêt très vif, quant aux évènemens tout simples
et tout ordinaires de leur vie, du moins amè-
neront-elles à reconnaître que l'honorable existence de ces dames dans ce monde, a été bien
étrangère aux faiblesses de caractère ou d'éducation, aux petitesses d'esprit, et à la morgue que
l'on affirme avoir été exclusivement l'apanage,
le trait caractéristique, l'habitude journalière de
toutes les maîtresses de maison, qui faisaient
partie des hautes classes sociales avant la régénération commencée il y a quarante ans et plus,
régénération qui continue d'autant mieux qu'elle
a, comme on sait, *tout remis à sa place* (1).

(1) Conduit par la justification du passé à celle du présent, dans

Au reste, ce n'est pas le jugement des défaiseurs de vieilles réputations que j'ai voulu subir.
Je laisserai encore les incorrigibles *calomnier à
dire d'expert* (1) tout ce qui se rapporte aux
années où j'ai vécu jeune, ayant les yeux bien
ouverts et les oreilles bien attentives ; enfin où
j'étais, ce que je suis encore, un homme exempt
de tout préjugé et de toute ambition. Mais si ces
notices destinées à quelques amis seulement,
sortaient de leurs mains, je crois pouvoir me
flatter qu'elles ne m'attireraient de personne le
reproche de mauvaise foi, de présomption ou
d'entêtement. Seulement mon travail laisserait
voir trop vite les bornes de mon talent d'écrivain. J'avouerai, en finissant, avoir un peu
compté que tous feraient grâce au *prêcheur* du
temps passé, qui n'a déclaré la guerre qu'au
mensonge et à l'injustice, sous quelque forme
qu'il ait à les combattre.

la sphère élevée de la société, j'éprouve le besoin de citer ici une
personne bien loin encore par son âge, d'être une *ancienne*
grande dame. Portant deux beaux noms comme fille et comme
épouse, elle réunit à ses avantages extérieurs, à la grâce la plus
simple, comme la plus noble, tous les genres de mérite, de courage et de dévouement. Je ne me bornerais pas à la désigner si je
ne craignais d'effaroucher sa modestie, et si je n'étais sûr que ceux
de ses nombreux admirateurs, de ses amis et des miens qui jetteront les yeux sur cette esquisse, n'hésiteront pas à la reconnaître.
(1) Basile dans le *Barbier de Séville*.

LETTRE A M. DELAPORTE.

———

Avril 1834.

Vous désirez, Monsieur, obtenir de moi quelques renseignemens sur une réunion dont j'ai fait partie ; ce que je puis vous en dire sera peu détaillé, attendu que le temps a effacé une grande partie de mes souvenirs. Je n'étais point l'un des commissaires, mais je puis vous attester que le président de Bonneuil, ayant un grand appartement rue du Montblanc, fut prié de le prêter quelquefois pour cet usage ; il y avait consenti, ce qui pendant longtemps fit donner le nom de *bals Bonneuil* à des assemblées dansantes qui y avaient lieu. Une idée de mariage pour le fils du président contribua beaucoup à cet acte de complaisance de sa part, comme moyen de rapprochement avec la famille de la charmante mademoiselle de Montjay ; et en effet le mariage s'ensuivit.

Dans l'hiver qui précéda le 18 fructidor, le gouvernement directorial, adoptant pour système le *modé-*

rantisme, accordait aux royalistes une grande liberté dont ils eurent la faiblesse de jouir comme des enfans. Les fortunes étaient anéanties : on se cotisa pour danser quelquefois, au son d'un détestable violon; un très frugal souper et quelques quinquets complétaient alors ce qu'on appelait *un bal*, et qui serait aujourd'hui au dessous des réunions les plus simples de la bourgeoisie. Il est probable que dans le nombre des personnes de très bonne compagnie qui composaient ce bal, quelques-unes appartenaient à des familles parmi lesquelles la révolution avait, peu d'années auparavant, moissonné des victimes; mais ce n'était pas la majeure partie, et jamais cette condition ne fut imposée, ni même imaginée pour y être admis.

Les commissaires étaient, autant que je puis m'en souvenir, MM. Robert Dillon, de Montbreton, de Bondy, d'Aubusson, de Bongars et de Tourolles.

Le 18 fructidor ayant de nouveau chassé de France les familles émigrées dont se formait en partie notre réunion, elle cessa d'exister.

Je n'ai pas oublié que, malgré sa simplicité, elle excita la jalousie d'une autre réunion de haut commerce et de constitutionnels de 1791, et aussi le mécontentement de quelques graves personnages de la haute société. On eût mieux fait, sans doute, de ne danser que quelques années plus tard, et peut-être de ne pas danser du tout. Mais il n'est guère accordé à la légèreté de notre nation de donner de si grands exemples. Du reste, il y eut plus que de la sévérité à flétrir d'un nom tirant si fort à conséquence, ces réunions, très inno-

centes par comparaison avec bien d'autres qui exis-
taient à la même époque ou qui, peu de temps après,
étalèrent tout le luxe, le faste et les profusions dont la
nôtre avait été si complètement exempte.

J'ai toujours ignoré à laquelle de ces deux malveil-
lantes oppositions nous dûmes la dénomination de
bal des victimes, dont vous avez l'honorable dessein
de nous affranchir. Je crois cependant qu'on doit l'at-
tribuer aux passions haineuses de révolutionnaires bien
élevés, qui alors composaient en partie la réunion de
la rue de Provence, et ne nous pardonnaient pas plus
qu'aujourd'hui tout le mal dont elle avait été origi-
nairement la cause, quoiqu'elle eût fini par avoir aussi
ses victimes.

Mon témoignage est bien peu de chose, comme vous
voyez, Monsieur ; et la plus grande partie des acteurs
de ces prétendues *fêtes* étant de plusieurs années plus
âgés que moi, je n'ai même retenu les noms que d'un
petit nombre ; MM. de Tourolles et de Montbreton me
paraissent ceux qui pourraient vous donner des renseignemens plus exacts, si vous les désiriez....

E. DE B.

NOTICES.

——

I.

M᷉ THIROUX D'ARCONVILLE.

Madame Thiroux d'Arconville, mère de M. Thiroux de Crosne qui fut lieutenant-général de police
sous Louis XVI, obtint une sorte de célébrité dans
le dix-huitième siècle.....

Je crois déjà entendre plus d'un jeune lecteur crier
au paradoxe. Trop peu de personnes du temps où nous
vivons ont eu, en effet, occasion d'entendre même
parler de la femme aimable et savante à laquelle je
consacre cette notice! Et cependant les nombreuses
productions littéraires et scientifiques de madame
d'Arconville, les rapports qu'elle eut avec beaucoup
d'hommes de grand mérite, l'ont classée parmi les
femmes remarquables de son époque. Elle était distinguée tout à la fois par les qualités du cœur et par
celles de l'esprit. Pleine d'instruction et de modestie,
elle pourra, étant mieux connue, grossir la liste des
auteurs qui ont valu mieux que leurs ouvrages. Du
reste, plusieurs des siens feraient honneur à notre

sexe, dont la science, de même que la force, a été si long-temps réputée l'apanage exclusif.

J'entrerai d'abord dans quelques détails sur sa vie, qui, je l'ai déjà indiqué, n'offre pas de grands évènemens, mais à laquelle son caractère et ses goûts ne cessèrent jamais de prêter un intérêt et un charme communicatifs. Je donnerai ensuite une idée de ce qu'elle a écrit et fait imprimer.

Marie-Geneviève-Charlotte d'Arlus, née le 17 octobre 1720, était fille d'un fermier-général. Elle avait quatorze ans lorsqu'on lui fit épouser, en 1735, M. Thiroux d'Arconville (Louis-Lazare), conseiller au parlement de Paris, et depuis président d'une chambre des enquêtes. Doué d'une imagination active, madame d'Arconville montra de bonne heure un amour passionné pour l'étude, mais ce goût ne lui fit jamais négliger ses devoirs d'épouse et de mère ; elle n'oublia jamais non plus ce que, dans les conditions de notre ancienne société, le grand monde exigeait impérieusement quand on était destiné à en faire partie.

La petite vérole, dont elle fut attaquée à vingt-deux ans, avait laissé sur sa figure des traces cruelles. Elle quitta malgré sa jeunesse, le rouge, impuissant ou ridicule palliatif aux ravages de *l'irréparable*. Elle prit les grands papillons, la coiffe, enfin tout le costume qui semblait ne devoir convenir qu'à une femme âgée de soixante-dix ans ; mais alors c'était la mode de se vieillir, comme il est reçu maintenant de se

travestir en jeune fille, quand on pourrait presque
être bisaïeule. Elle renonça au spectacle, qu'elle avait
aimé au point d'aller voir jouer la *Mérope* de Voltaire
onze fois de suite. Son existence fut désormais celle
d'une personne pieuse et dévote même : il est bon de
dire que ce titre de *dévote* n'était pas encore devenu
une injure, la signification d'un déni de justice, un
anathème indistinctement prononcé contre la fausse et
contre la vraie dévotion.

Se livrant, de prédilection, aux occupations et aux
jouissances intellectuelles, pouvait-elle manquer de
rechercher les personnages les plus signalés à l'estime
publique, soit dans les sciences, soit dans les lettres ?
Elle admirait vivement l'esprit de Voltaire, qui
tenait une si grande place dans les conversations et
dans les disputes de son temps. Elle eut avec
lui quelques relations, mais ne put s'accoutumer à
l'humeur irrascible de ce philosophe sans sagesse.
Parmi les savans qu'elle recevait le plus souvent,
figuraient Macquer, Bernard de Jussieu, Valmont de
Bomare, Lavoisier; parmi les littérateurs, Gresset
et les deux frères Lacurne dont un ajoutait à son nom
celui de Sainte-Palaye (1). Ces derniers étaient oncles à
la mode de Bretagne de madame d'Arconville, qui s'honorait de voir dans son cercle habituel deux hommes

(1) Mort en 1781 ; c'est celui qui a publié plusieurs ouvrages sur
l'ancienne chevalerie et un glossaire de la langue française.

encore plus marquans que ceux que j'ai cités:
Turgot et Malesherbes. Il faut y ajouter Montyon,
qui, de même que Bougainville, était de ses intimes amis. La maison qu'elle occupait à Paris fut
aussi habitée pendant quelques années par mademoiselle de Malezieu, depuis madame Kercado, qui a
fondé pour de jeunes orphelines un établissement de
charité portant son nom.

Ainsi que toutes les personnes, et plus particulièrement encore peut-être de son sexe, qui possèdent
à un haut degré les qualités du caractère et de
l'esprit, elle aimait à profiter de ses avantages et
s'était accoutumée à exercer une sorte de domination, mais sans excès, sans froissement d'amour-
propre. Comme elle montrait à tout le monde de la
bonté, et comme ceux qui étaient dans le cas d'ac-
cepter ses dons, éprouvaient de sa part une extrême
délicatesse jointe à une grande générosité, cet empire, reconnu par tout ce qui l'entourait, était trouvé
doux quoiqu'il fût irrésistible.

Les plaisirs de la jeunesse l'intéressaient singu-
lièrement, et on est tout étonné d'apprendre qu'une
femme livrée à l'amour de la science, aimât à donner
des petits bals bien gais, tout près de sa chambre à
coucher et de son lit sous lequel se trouvait un squelette destiné à des études et à des démonstra-
tions d'anatomie.

Faisant en tous points le meilleur usage d'une for-

tune considérable, elle répandait d'abondantes au-
mônes, et principalement à Meudon où elle était pro-
priétaire d'une maison charmante. Un petit hospice
avait été fondé par elle dans le village, et les malades
y étaient soignés à ses frais par des sœurs de charité.
Son goût pour donner, pour soulager le malheur et
l'indigence, en quelque lieu qu'elle les rencontrât; sa
charité, son affection même pour les pauvres; la
piété qu'elle laissait voir sans jamais chercher à l'affi-
cher, la faisaient regarder dans l'église de Meudon,
et dans tout le pays, comme *une puissance*, mais
puissance purement protectrice, et qui ne heurtait
aucune vanité. Dans le quartier du Marais où elle
résidait à Paris, elle jouissait d'une influence et d'une
considération aussi bien méritées.

La religion de madame d'Arconville, dépourvue
d'ostentation, n'était pas moins éclairée que sincère.
La solennité de nos cérémonies catholiques avait pour
elle un attrait particulier, et la pompe brillante d'un
salut, non pas mondain toutefois, et tel que La Bruyère
en donne l'idée (1), excitait en elle un enthousiasme
comparable à celui qui gagna l'incrédule Diderot
(c'est lui qui nous l'apprend), à la vue d'une de ces
processions de la Fête-Dieu dont il a fait la plus tou-

_____

(1) Voir le chapitre XIV des *Caractères*, intitulé : *De quelques
usages.*

2

chante description dans ses *Essais sur la peinture*.

Revenant à ce qu'elle sentait et témoignait comme amateur de littérature, je dirai qu'on remarquait de la bizarrerie dans ses jugemens sur tels auteurs et sur tels ouvrages. C'était encore quelque chose de tout particulier que son opinion sur ce qui, chez les femmes, constitue la beauté physique. Opposée tout-à-fait au goût des Turcs qui préfèrent aux femmes minces de visage et de taille celles qui sont chargées d'embonpoint, elle donnait toujours, à mérite égal ou comparable dans les traits, l'avantage aux premières, dussent-elles même présenter l'idée absolue de la maigreur : aussi l'entendit-on dire d'une de ses amies qu'elle vantait sous plus d'un rapport. « Elle est grasse : c'est le seul inconvénient que je lui connais. » Il est probable que, familiarisée comme elle l'était avec les écrivains anglais, elle avait été frappée dans le *Spectateur d'Addison* (n° 9), de ce qu'il raconte d'une coterie toute composée de squelettes et de fantômes, parce qu'on avait voulu opposer la faction des *hommes maigres* à celle des *gros hommes* d'une ville de province.

Une de ces fautes d'impression qui désolent les auteurs, a fait lire, dans un article de la *Biographie universelle*, sur madame d'Arconville, qu'elle préférait *sa* maigreur à l'embonpoint. Mais tous ses portraits prouvent qu'elle n'était point maigre ; et le fait

est qu'à la suite d'une grande maladie, elle était
restée grasse à tel point que sa marche en était fort
gênée; c'était probablement l'effet de la vie séden-
taire qu'elle menait par habitude et par choix.

Elle aimait dans ses conversations à mettre l'art
au-dessus de la nature, et à soutenir que la nature
est rarement aussi belle que son imagination la lui re-
présentait. A la vérité, c'était le temps où les gens du
monde avaient perdu les goûts simples et naturels,
et où l'amour de la campagne était passé de mode, à
moins que le séjour qu'on y faisait, comme par exception, n'admît les brillans accessoires de la vie
des grandes villes : c'était le temps où les agrémens
de salon absorbaient l'existence sociale en France et
surtout à Paris; enfin où il y avait je ne sais quoi de
dérangé, de faussé dans les esprits, les mœurs, et jusque dans la manière de se vêtir, *présage certain
d'une révolution prochaine*, a dit un grand écrivain
de nos jours (1).

Alors, si la poésie et les arts du dessin abordaient
les sujets champêtres, on transportait dans les
champs le luxe et l'afféterie des cités. Poètes et artistes
s'écartaient à l'envi de la beauté primitive qu'ils
avaient la prétention de corriger; de là une imitation
de la nature restreinte et maniérée, que l'on aurait
pu appeler théâtrale. Il n'y a donc pas lieu de s'é-

(1) Châteaubriand.

tonner si les êtres même les mieux organisés s'étaient
détournés de tout ce qui, sur la scène du monde,
s'offrait à leurs regards sans aucun artifice; s'ils pré-
féraient aux beautés simples et vraies les beautés nées
du caprice ou produit d'imaginations déréglées.

Je ne sais comment concilier dans madame d'Arconville ce système, cette manie, avec la sensibilité
dont elle était si loin de manquer, et avec sa religion
qui devait lui faire admirer l'ordre de l'univers
comme une émanation de la puissance divine, et
par conséquent chérir, par piété comme par goût,
tout ce qui est essentiellement beau, grand et noble
ici-bas. Aimer mieux la représentation de la nature que la nature même, est un paradoxe pratique,
un travers, ainsi que tout ce qui est trop absolu dans
les comparaisons et les résumés de l'esprit. La
Bruyère avait remarqué bien avant moi *combien
d'art il faut pour rentrer dans la nature.*

Les sujets tristes, soit qu'ils inspirassent le pin-
ceau du peintre, le ciseau du sculpteur ou la muse
du poète, captivaient plus fortement que tous les
autres madame d'Arconville. Elle avait commandé à
Fragonnard, pour l'avoir sans cesse sous les yeux, une
statue en marbre de la *Mélancolie,* cette disposition
demi-maladive de l'ame, que Delille et La Harpe ont cé-
lébrée en beaux vers, après que la Fontaine avait chanté
jusqu'au sombre plaisir d'un cœur mélancolique;
mais ce n'était pas une affaire de mode et de mode

poussée au point où nous l'avons vu vers le commencement du dix-neuvième siècle (1).

Entre autres aberrations qui venaient de sa tête et
non de son cœur, elle ne comprenait pas, quoique
bonne mère, et ne tolérait même pas l'exaltation de l'a-
mour maternel, ni ses jouissances les plus passionnées,
à moins que ce ne fût dans la femme qui aurait donné
le jour à un Corneille, à un Turenne, à un Newton,
ou à quelque autre grand génie. Ceci rentrerait assez
dans le système de madame de Stael qui, bonne
mère, elle aussi, mère éclairée, aimant ses enfans
sans exagération, et les voyant tels qu'ils étaient, a
dit, dans son livre *de l'Allemagne* : « Les affections
« les plus simples, celles que tous les cœurs se croient
« capables de sentir, l'amour maternel, l'amour filial,
« peut-on se flatter de les avoir connues dans leur plé-
« nitude, quand on n'y a pas mêlé d'enthousiasme ?

(1) La mélancolie, mot de création nouvelle, n'est au fond
que la tristesse au premier degré, et telle que l'a faite le christia-
nisme, c'est-à-dire le résultat, modifié par la résignation reli-
gieuse, de la lutte entre nos penchans et nos devoirs. Saint Chry-
sostôme a dit admirablement que « le meilleur moyen de se
délivrer de la tristesse est de ne point l'aimer. » « Mais, ajoute-
« t-il, il est des hommes qui aiment les démangeaisons et les
« piqûres de leurs plaies..... Dieu a mis la tristesse dans le
« cœur de l'homme, non pour l'employer mal à propos et contre
« nous-même, non pour nous consumer et nous perdre, mais
« pour nous servir et nous aider. Comment se servir de la tris-
« tesse?... En l'admettant à propos dans notre ame.

« Comment aimer son fils sans se flatter qu'il sera
« noble et fier, sans souhaiter pour lui la gloire qui
« multiplierait sa vie, qui nous ferait entendre de toutes
« parts le nom que notre cœur répète ? » (Tome III,
page 108.) Ainsi, l'amour maternel, selon ces dames,
serait moins un instinct, un besoin, qu'un calcul de
jouissance égoïste, d'orgueil ou d'ambition. Voltaire
leur aurait dit : « Faites des livres, mesdames d'Arcon-
« ville et de Stael ; mais ne faites pas des enfans. »

Il vaut bien mieux adopter les conclusions de
Fénelon : « Je ne serais pas, écrivait-il, tout-à-fait
« d'accord avec madame de Lambert sur toute l'am-
« bition qu'elle demande de son fils ; mais nous nous
« accorderions bientôt sur toutes les vertus par les-
« quelles elle veut que cette ambition soit soutenue
« et modérée. » (*Lettre à M. de Sacy.*)

D'après ce que je viens d'indiquer de la manière
dont madame d'Arconville envisageait l'amour de
mère, on aura quelque peine à croire qu'elle appré-
ciât tout le charme de l'amitié, sentiment qui lui
laissait du moins, disait-elle, la liberté de ses affections et la possibilité de choisir. J'ai peur qu'on ne
pense qu'elle sacrifiait autant à l'amour de la célébrité
qu'au besoin d'aimer et d'être aimée, lorsqu'elle
s'entourait de ce qu'on appellerait aujourd'hui les
sommités de la science et des lettres ; mais jamais, de
son vivant, ni sa modestie, ni sa fidélité pour ses
amis, n'ont été révoquées en doute.

Dans son jugement sur Racine, elle avait adopté l'opinion de Fontenelle, assez malheureux pour trouver que le grand-prêtre Joad n'est qu'*un énergumène*. Du reste, le langage passionné de Phèdre, les vers qu'a mis le premier de nos poètes dans la bouche de cette épouse coupable, de cette victime de la fatalité, la ravissaient. Se disputant un jour avec un de ses amis, qui préférait Pauline (de *Polyeucte*) à la femme de Thésée, et prétendait que celle-ci, rien qu'en venant frapper à sa porte, lui aurait fait une peur affreuse : « Allez, dit madame d'Arconville, en colère, je vous souhaite des *Pauline*. Vous n'êtes pas digne d'avoir une *Phèdre*. »

Dès l'origine du grand bouleversement politique, opéré chez nous en 1789, elle s'y montra contraire. On eût dit qu'elle avait le pressentiment des malheurs particuliers qui devaient en résulter pour sa famille. En effet, ce furent les conséquences de cette terrible révolution qui enlevèrent à madame d'Arconville un de ses trois fils, M. Thiroux de Crosne, d'abord intendant de Rouen, et très bon intendant (1), puis appelé à Paris comme lieutenant-général de police, ce qui le mit en évidence dans un poste bien autrement important, et contribua sans doute à le placer dans l'opinion fort au-dessous de ce qu'il

_____

(1) A Rouen, une rue et un quartier conservent encore le nom de Crosne.

était réellement, enfin ce qui amena sa mort anticipée (1).

A propos d'aversion tenant à la révolution française, elle ne se faisait qu'un reproche, quand elle recueillait, dans sa vieillesse, les souvenirs qui dataient pour elle de cette époque; c'était d'avoir eu foi aux assignats, elle qui, venue au monde l'année même du système de Law, en avait tant entendu parler, et probablement souffert dans sa propre fortune, soit avant, soit après son mariage!

(1) La famille de M. Thiroux de Crosne n'a point trouvé qu'elle eût à se plaindre de l'article qui a été consacré à ce magistrat, dans la *Biographie universelle* (tome XIV, page 430). J'ajouterai quelques détails sur madame de Crosne.

Douée d'une dose d'esprit médiocre et n'ayant reçu aucune instruction, elle sortit, à l'âge de quatorze ans, pour se marier, d'un couvent de visitandines où elle avait été placée dès sa plus tendre enfance. N'ayant jusque là rien vu ni connu en dehors de cette enceinte, elle était surprise de tout, et au-delà même de ce que l'on peut imaginer. On a prétendu que les premières glaces qui frappèrent ses regards dans un appartement, lui parurent tenir de la magie : elle ne pouvait se rendre compte d'une telle réflection des objets. On a ajouté, mais ceci passe toute croyance, qu'apercevant pour la première fois une voiture et des chevaux, elle avait imaginé que le tout composait une seule machine. Je suis loin d'être absolument contraire à l'éducation des couvens, surtout tels qu'il en a existé et qu'il en existe, depuis qu'on a si fort réduit leur nombre; mais il sera juste de reconnaître que l'ignorance totale de ce qui constitue le monde terrestre peut rétrécir infiniment l'esprit des personnes auxquelles le ciel n'en a donné, à leur naissance, qu'une portion très bornée.

Elle avait pour sœur madame Angran d'Alleray, femme du lieutenant civil de ce nom. Ce digne et vertueux magistrat (1) donna à madame d'Arconville, dans un testament écrit peu de jours avant sa fin tragique, les témoignages les plus touchans et les plus honorables d'affection et de confiance (2). Ils avaient été enfermés ensemble dans la prison de Picpus, au faubourg Saint-Antoine, où l'on avait jeté aussi M. Thiroux de Crosne. Elle eut donc la douleur affreuse de voir son fils et son beau-frère partir ensemble pour l'échafaud, où ils périrent l'un et l'autre, le 28 avril 1794.

Pendant ce temps, madame Angran d'Alleray, confinée dans sa maison, avec un gardien qui ne la quitta pas tant que dura le règne de la terreur, était en proie à la plus grande détresse. Le séquestre avait

(1) M. Angran d'Alleray était âgé de soixante-dix-neuf ans. Il vivait, ainsi que toute sa famille, dans la plus haute piété, observait avec régularité toutes les pratiques que prescrit ou conseille l'Église, et assistait aux offices dans un recueillement qui, par l'autorité de son exemple, devait appuyer et pouvait même remplacer bien des préceptes. Il y joignait une abondance de charité qui jamais ne se démentit. Ce n'était pas seulement par un sentiment religieux, et comme pour accomplir un devoir, qu'il donnait, mais par l'impulsion de cette bienveillance, de cet amour du prochain, qui est si fort recommandé dans l'Évangile. Enfin, il ne se bornait pas à assister les pauvres de son argent : il cherchait tous les moyens d'adoucir leur infortune.

(2) Je crois devoir renvoyer à la fin de cette notice un extrait de l'admirable testament de M. Angran d'Alleray.

été mis sur ses biens, en raison de l'émigration de ses enfans auxquels on trouvait criminel qu'elle et son mari eussent envoyé des secours (1). Elle supporta, avec un courage sans égal, les chagrins, la pauvreté et les dangers divers qui la menaçaient.

Dans ces jours désastreux, madame d'Arconville ne montra pas moins de force d'ame que sa sœur; et cependant toutes deux avouaient être nées peureuses à l'excès. Frappée dans ce qu'elle avait de plus cher, elle accepta les consolations et les conseils d'un ami, le savant géographe Gosselin (2). Grâce à lui, elle trouva une heureuse distraction aux peines de son ame dans un travail sur des sujets de morale et de philosophie.

Madame Thiroux d'Arconville mourut le 23 décembre 1805, à l'âge de quatre-vingt-cinq ans, ayant con-

(1) M. Angran d'Alleray, interrogé au tribunal révolutionnaire sur la réalité de cet envoi fait aux *ennemis de l'État*, répondit au juré qui lui disait : « Ignorais-tu donc la loi qui le défend ? » — « Non, je ne l'ignorais pas; mais la loi de la nature parle plus haut « à mon cœur que la loi de la République. »

(2) Mort en 1830. Dans la vente de ses livres, se trouvait un exemplaire très curieux de l'*Histoire littéraire des Troubadours*, par l'abbé Millot ; Paris, 1774, 3 volumes in-12, encadrés, de format in-4° et dorés sur tranche. On y voyait 190 miniatures peintes sur vélin et collées sur papier, de un à deux pouces de grandeur. — Une note de M. Gosselin, signée par lui, apprend que ces miniatures avaient été copiées sur les manuscrits du roi et sur ceux du Vatican par Lacurne Sainte-Palaye, qui fit don de ces trois volumes à madame d'Arconville. Elle les légua par son testament au géographe, son ami.

servé très long-temps la vivacité de son imagination et
quelque chose de jeune dans l'exercice de toutes ses fa-
cultés morales. Près du dernier terme, elle écrivait encore des souvenirs, tels que ceux qui composent un recueil qu'elle a laissé en mourant à M. Gosselin, et dont
M. Gence se propose de former des *Mémoires,* bien autrement complets que cette notice. Ce n'est pas là à
beaucoup près tout ce que l'on conserve d'elle. Plus de
70 volumes d'anecdotes et de poésies avaient passé dans
les mains d'un de ses fils, M. Thiroux de Gervillier
et appartiennent maintenant au fils de celui-ci (1).

Ce que l'on sait de la dame auteur dont je m'occupe
ici n'avait guère été répandu de nos jours au-delà
du cercle de quelques vieux amis et de sa famille. Ses
travaux littéraires auraient pu faire beaucoup plus de
sensation dans un temps où la politique n'était pas encore devenue chez nous question vitale, où elle n'était
pas arrivée par degrés à absorber tous les intérêts de la
société. Quoi qu'il en soit, les éditeurs de la *Biogra-*

(1) Le cousin germain de M. Thiroux de Gervillier actuel,
(M. d'Arconville, fils de M. Thiroux de Crosne, et auquel l'*Alma-
nach des Prisons* a donné une sorte de célébrité), vient de mourir,
laissant toute sa fortune, qui est considérable, à son cousin issu de
germain, M. Alexandre de Gervillier. Il avait lui-même, il y a beaucoup d'années, demandé son interdiction à laquelle est antérieur
son testament très réfléchi. Mais comme en différentes époques
M. d'Arconville avait fait preuve d'aliénation d'esprit, cet acte de
ses dernières volontés donne lieu en ce moment à un procès où l'on
dispute à son légataire universel le droit d'en hériter exclusivement.

plus universelle crurent, en 1811, devoir arrêter la prescription de l'oubli prêt à effacer la personne et les écrits de madame d'Arconville, parce qu'ils y voyaient une injustice et un tort réel.

Il est à remarquer qu'ayant donné un aussi grand nombre d'ouvrages que madame de Genlis, elle n'avait jamais voulu être nommée en tête d'aucun. Mais aussi, jusqu'à une époque assez rapprochée de nous, quelle femme du grand monde, fût-elle même des plus signalées par son esprit et par ses connaissances acquises, eût osé braver le blâme ou seulement le ridicule, en s'affichant sur le premier feuillet d'un livre? Madame Dacier, fille et femme de savans, était plutôt un savant elle-même, qu'elle ne comptait parmi son sexe aux yeux de ce qu'on appelle proprement le *monde*, alors le même qu'elle faisait si fort parler de ses productions et de son goût ardent pour la littérature. Personne n'ignore que dans sa querelle avec La Mothe, madame Dacier mit de côté (tant son enthousiasme était excessif), jusqu'aux égards de politesse et de retenue que prescrit la société moderne, et dont son antagoniste, à défaut de toute autre personne, aurait pu lui fournir le modèle. Cependant, elle ne manquait pas de modestie, et on prétend que, cédant un jour aux instances d'un Allemand qui la conjurait d'inscrire son nom sur un album, à la suite de quelques personnages illustres, elle fit précéder sa signature d'un vers de Sophocle, dont le sens est que *le plus bel ornement d'une femme, c'est le silence* (1).

On me citera la marquise de Lambert; mais ses livres furent d'abord imprimés sans qu'elle les eût précisément avoués. Si elle consentit plus tard au genre de publicité que l'on exigeait d'elle, elle continua d'en rougir; et, ainsi que l'a observé avec beaucoup de délicatesse madame Guizot, née Meulan (dans un morceau très distingué *sur les Femmes qui ont écrit*), madame de Lambert resta en même temps *femme et auteur*. Je désire qu'il y en ait beaucoup aujourd'hui, parmi celles qui, avec un talent incontestable, prodiguent leur prose et même leurs vers, dont on puisse faire le même éloge (2).

(1) . . . . γυναιξὶ κόσμον ἡ σιγὴ φέρει

dans *Ajax furieux*. Ce sont les cinq sixièmes d'un vers iambique.

(2) Pour ne parler que des femmes auteurs vivantes, je n'aurai pas le tort de contester du talent à madame Gay, et surtout à madame George Sand, parmi les romancières; parmi les poètes à mesdames Amable Tastu, Desbordes-Valmore, Emile Girardin; mais *ma remarque* n'en *subsiste* pas moins, comme aurait dit madame Dacier. D'ailleurs, il n'y a pas d'autorité plus imposante contre la manie féminine d'écrire que celle des femmes auteurs elles-mêmes. Or, madame Anna-Lætitia Barbauld, poète anglaise, a dit que « les femmes doivent acquérir le sa-« voir, loin du bruit et de l'éclat. Les larcins que les personnes de « ce sexe font à la science, ajoute-t-elle, sont assujétis à un régle-« ment analogue à celui des anciens Spartiates : on les tolère seu-« lement lorsqu'ils sont cachés avec soin ; mais s'ils paraissent, ils « sont punis par une sorte de flétrissure. »

Madame d'Arconville raisonnait parfaitement la
résolution qu'elle avait prise de garder l'anonyme,
quoique, dans le fait, aucun voile ne la couvrît, comme
écrivain, aux yeux de ses parens, de ses amis, des éru-
dits et des gens de lettres qu'elle voyait habituelle-
ment. Ce ne furent ni le respect humain, ni un excès
de défiance d'elle-même, qui influèrent le plus sur
sa détermination : aspirant à avoir beaucoup de
lecteurs, et à être justement appréciée par tous, elle
pensait que la femme qui livre son esprit au jugement de quiconque prétend avoir une balance morale
à son usage, n'engage pas seulement son nom et sa
réputation, mais court aussi le risque qu'on lui sup-
pose un *faiseur*, ou tout au moins un *teinturier*; or,
elle pouvait, et de reste, prouver qu'elle n'en avait
pas besoin.

La poésie et les romans surtout avaient d'abord eu
pour elle un attrait plus qu'ordinaire. Ainsi la lecture
de l'*Astrée*, d'*Hippolyte comte de Douglas*, et de
Don Carlos, nouvelle historique par Saint-Réal,
l'avaient intéressée prodigieusement. C'est à les imiter
qu'elle se serait sentie portée, si sa tête active et à
laquelle il fallait bien plus d'un genre d'exercice,
n'eût bientôt trouvé du vide dans ce qui est purement
du domaine de l'imagination.

Son désir le plus vif fut alors d'acquérir une instruction variée et solide tout à la fois. Elle commença
par recevoir d'un maître quelques notions de phy-

sique. Voulant étudier aussi et étudiant avec passion l'anatomie qui ne tente que bien peu de
femmes, même parmi les plus avides de savoir, elle
prit pour guide l'homme qui la possédait le mieux.
Elle suivit même un cours de cette science au Jardin
du Roi, où un très petit nombre seulement de personnes de son sexe était admis avec elle. Ensuite,
comme elle avait appris l'italien et l'anglais, et
qu'elle était parvenue à lire beaucoup d'auteurs dans
cette dernière langue, elle eut l'idée de répandre par
des traductions quelques-uns des ouvrages scientifiques de nos voisins d'outre-mer.

Je reviendrai plus tard sur l'amour qu'avait madame
d'Arconville pour l'anatomie. J'avais d'abord conçu le
projet d'entrer dans beaucoup de détails sur les pu-
blications de ce genre faites par elle avec le plus grand
soin. Je comptais insister sur sa traduction du *Traité
d'ostéologie* dont l'auteur original est le docteur Mon-
roë, et dire qu'elle aima mieux en faire honneur à Sue,
professeur et démonstrateur d'anatomie, qui s'était
borné cependant à surveiller l'impression et la gra-
vure. Enfin, j'étais prêt à révéler au public que peu
s'en était fallu que ce professeur ne dût à elle seule une
place à l'Académie des Sciences; mais j'ai réfléchi que
cette anecdote, que je sais n'avoir pas été ignorée de
Malesherbes, et que la descendance des familles Thiroux et d'Alleray attesterait au besoin, trouverait
dans ce temps-ci bien des incrédules.

Dans la jeunesse de madame d'Arconville, ses études les plus chéries semblaient n'aller guère à son âge, et je pourrais même ajouter, à sa jolie figure. Occupée de travaux et même d'écrits sur la putréfaction des chairs humaines, elle était souvent entourée de fragmens propres à ses expériences et en avait fait mettre quelques-uns dans des vases de cristal qui, au besoin, trouvaient place, en façon d'ornement, sur sa cheminée. On pensait avec raison que sa fraîcheur et sa vivacité d'esprit faisaient un singulier contraste avec ces monumens de destruction. (J'aime mieux, comme idée morale, les compagnons de plaisir d'Horace, buvant du vin de Falerne et respirant le parfum des roses avec une tête de mort sur la table du festin.) J'ai entendu raconter qu'un de ses parens, voulant lui donner ses étrennes en même temps qu'à une sœur qu'il aimait beaucoup, et qui était bien *femme*, rien que femme, dans toute l'étendue du terme, envoya à celle-ci des chiffons de toute espèce, mais offrit à madame d'Arconville un petit squelette en ivoire. Toute autre qu'elle aurait mal pris la plaisanterie.

Un goût non moins vif pour la chimie s'étant développé chez madame d'Arconville, elle se montra fort assidue au cours de Rouelle, et eut même, à Crosne, un laboratoire, où deux chimistes se metttaient souvent à sa disposition. Ce fut ainsi qu'elle se vit entraînée à s'occuper de deux sciences qui se rattachent à celle-là par des points de contact nombreux, l'agriculture et la botanique. Elle établit (à Crosne encore), une école d'arbres étrangers dont Bernard de Jussieu lui fournissait la plus grande partie; mais ses progrès ne furent qu'assez faibles, parce qu'elle avait fini par craindre et éviter tout déplacement non indispensable, tout mouvement à l'extérieur qui l'eût obligée de se fatiguer. C'était donc le plus souvent dans des serres construites pour son usage, ou bien dans son cabinet, qu'elle se livrait à ce goût du moment.

L'histoire naturelle eut son tour : elle se forma une collection qui fut enrichie par un de ses beaux-frères et par plusieurs de ses amis. L'étude étant, pour ainsi dire, le principal intérêt, le plus grand plaisir de sa vie, et cet intérêt ne faisant que s'accroître avec les années, elle s'ennuyait dans le monde, si elle n'y rencontrait pas des hommes instruits qui parlassent à son intelligence, qui lui suggérassent des idées nouvelles, qui lui procurassent des sujets de travail. J'ai sous les yeux une note qui contient les titres de quinze mémoires, dont plusieurs traduits de l'anglais, sur des matières tirées des *Transactions philosophiques*. Mais j'ai fini par me dire qu'à une époque où les sciences physiques ont fait de si immenses progrès, et où elles sont si généralement répandues, on douterait qu'une femme, même une femme possédant à fond une langue étrangère, fût en état de bien traiter et même traduire ce qui est relatif à ces sciences, dont son sexe ne

3

peut acquérir que des notions d'amateur. Dès-lors, j'ai laissé aux bibliographes le soin d'imprimer la nombreuse nomenclature dont il s'agit, ces productions scientifiques occupant plus de la moitié de la liste des ouvrages de madame d'Arconville.

Elle avait aussi traduit en 1747, les *Lettres d'un Persan en Angleterre*, publiées par Lyttleton, en 1735, sur le modèle de celles de Montesquieu. Elle traduisit plus tard un autre roman du même Lyttleton, et un de madame Behn ; et puis, en 1756, les *Conseils d'un père à sa fille*, par lord Halifax, mettant en tête un avertissement où se trouvent de fort bons préceptes sur la manière d'élever les femmes, et un détail succinct sur la vie de ce lord. La manière d'écrire de madame d'Arconville fut louée par Fréron, dans l'*Année littéraire* : il n'était probablement pas de l'avis de madame de Blot, qui, après avoir lu un des livres historiques de notre auteur, disait que son style lui paraissait *avoir de la barbe*.

En 1763, elle donna un *Traité de l'amitié*, sujet qui avait exercé la chaleur d'ame de tant d'écrivains anciens et modernes (1), mais devant lequel elle ne recula pas, sachant raisonner en même temps que sentir tout ce qui se rattache à la plus pure, sinon la plus vive de nos affections.

Dans la même année parut un roman de sa com-

(1) Cicéron, Louis de Sacy, Dupuy, etc.

position, où, sous des noms fictifs, elle écrivait une histoire véritable. En 1764, elle publia un *Traité des passions*. Quand il s'agit d'en parler, une femme croit toujours être sur son terrain. Madame d'Arconville réduisit les passions à deux : l'amour et l'ambition. La première est dépeinte, analysée, avec une grande justesse d'observation : le développement de l'amour, dans les jeunes personnes, y est retracé d'une manière ingénieuse et vraie. Quant à l'ambition, madame d'Arconville en était trop loin pour pouvoir aborder une telle matière en parfaite connaissance de cause (1).

Décidée à se livrer désormais entièrement à l'histoire, dont elle se croyait le talent, parce qu'elle en avait le goût, méprise bien commune parmi les écrivains, elle entreprit la *Vie du cardinal d'Ossat*, qui fut imprimée en 1771, avec le portrait de ce personnage, qu'elle avait fait copier à Rome, sur l'original (2 volumes in-8°). On la jugea assez prolixe : l'auteur même y avait remarqué, mais trop tard, des longueurs qu'il était aisé de faire disparaître. Ce qui recommande la lecture de ce livre, c'est un discours du cardinal sur les effets de la ligue en France, discours composé en 1690 ;

(2) Le *Traité des passions* et celui de l'*amitié* ont été réimprimés à Francfort, en 1770, sous le titre d'*OEuvres morales de M. Diderot*. L'éditeur, qui se trompait ou qui voulait tromper ses lecteurs, avait mis ces deux livres sur le compte de l'écrivain philosophe.

il existait en manuscrit à la bibliothèque du roi, et avait été confié à madame d'Arconville, pour le traduire, par Béjot, conservateur des manuscrits, et cela à la prière de M. de Bréquigny, membre de l'académie des inscriptions et de l'académie française. C'était encore un des savans avec lesquels elle était liée. Je noterai, à cette occasion, que, ayant à sa disposition beaucoup de livres et de manuscrits qui appartenaient à la principale des bibliothèques publiques de Paris, elle fut d'autant plus en état de préparer un grand nombre d'ouvrages qui exigeaient des recherches bibliographiques.

On voit, dans cette vie du cardinal d'Ossat, toute la négociation de l'illustre prélat, pour obtenir de la cour de Rome l'absolution de Henri IV.

Enhardie par le succès, notre auteur s'était de plus en plus affermie dans la connaissance de l'histoire moderne; elle voulut faire la *Vie de Marie de Médicis*, et la publia en 1774, en trois grands volumes in-8°, avec le portrait de la reine, et une préface, mieux rédigée que l'introduction mise en tête de la vie du cardinal d'Ossat. Elle avait eu, cette fois encore, l'avantage de travailler sur d'excellens morceaux historiques, particulièrement sur des écrits qui lui fournissaient des faits et des détails inconnus jusqu'alors. Du reste, cette histoire, dont le sujet offre tant d'intérêt, est longue et monotone. S'il était vrai que madame d'Arconville en eût dicté une grande partie à un copiste, en faisant de la tapisserie, on ne s'étonnerait plus de ce que l'académicien Gaillard, homme essentiellement exact, a relevé, dans ses *Mélanges* (en quatre volumes in-8°), deux ou trois erreurs notables, échappées à la plume de l'historienne.

Elle eut aussi l'envie d'écrire l'*Histoire de François II, roi de France et d'Écosse,* qui n'avait occupé le trône des Valois que dix-sept mois; l'ouvrage date de 1771, mais il ne fut imprimé qu'en 1783 (2 vol. in-8°). La conjuration d'Amboise, que l'on peut regarder comme le germe de cette fameuse ligue qui a produit, sous plusieurs de nos rois, tant de troubles et de malheurs, nous attache au tableau d'un règne tout rempli d'évènemens, dans un espace de temps si resserré.

On trouve à la suite de cette histoire un discours traduit de l'italien de Michel Suriano, Vénitien, touchant son ambassade en France; c'est un compte rendu assez exact de l'état de notre pays avant et après François II. Quelques fautes du traducteur, qui en avait lui-même signalé plusieurs dans le texte d'un étranger peu instruit de nos annales et de nos usages, ont fixé l'attention de Gaillard, le même dont il a été tout-à-l'heure question. Il cite d'ailleurs de ce livre des anecdotes curieuses, et entre autres sur la mère du jeune monarque, Catherine de Médicis, que madame d'Arconville a peinte avec beaucoup de vérité.

Dans sa vieillesse, où j'ai prouvé que le goût d'é-
crire ne l'avait pas abandonnée, elle formait encore
des projets d'ouvrages nouveaux. Elle n'eut pas
le temps d'achever la traduction d'un *Abrégé de
l'histoire d'Angleterre*, par Goldsmith, mais elle l'a
laissée assez avancée. M. Gence, admirateur dévoué
de cette dame, s'est proposé de revoir son travail
sur le texte et de le donner au public.

Avant l'acte de justice exercé tardivement en sa
faveur par un des rédacteurs de la *Biographie universelle*, qui n'a rien de commun avec la famille Thiroux, il avait été question d'elle dans le discours pré-
liminaire du *Cours de botanique médicale comparée*
qui a été publié en 1810 par Bodard, docteur mé-
decin, et de plus un de ses amis, son parent même,
du moins je le crois. Tout ce qu'elle avait confié à la
presse se trouve désigné plus amplement encore et
avec assez d'exactitude dans le *Dictionnaire des
anonymes* par Barbier, ce dictionnaire dont la connaissance et surtout l'usage ne devraient pas être bor-
nés aux seuls véritables amateurs de livres. Barbier,
faisant son profit de plusieurs renseignemens qui lui
avaient été fournis par M. Gence, a complété ce cata-
logue scientifique et littéraire dans son *Examen cri-
tique et complément des dictionnaires historiques
les plus répandus*. (Paris 1820.)

Je me suis borné, moi, à y choisir, comme bio-
graphe, ce qui peut le mieux relever le mérite d'une

de mes femmes modèles du xviiie siècle. Je pense que, quand on écrit comme elle pour le public, sans y être obligé, on serait heureux de rencontrer la gloire en cherchant le plaisir. C'est ce qui n'est pas arrivé à madame d'Arconville, et n'arrive pas à toutes les femmes auteurs; mais honneur à celles qui, à son exemple, peuvent dire, fût-ce même après Voltaire :

« J'ai fait un peu de bien : c'est mon meilleur ouvrage. »

Au surplus, de son vivant, elle avait aux États-Unis une réputation bien mieux établie qu'en France. M. de la Luzerne, son neveu, nommé ministre plénipotentiaire à Philadelphie, n'y avait qu'à peine fait son entrée, qu'il eut l'agréable surprise d'entendre louer les ouvrages de madame d'Arconville dans les termes les plus flatteurs, à une séance d'une société littéraire. Il ne se doutait nullement qu'ils eussent été lus et approuvés à une si grande distance de Paris; et voulant ajouter à ses moyens de succès personnels, il s'empressa de faire connaître le degré de parenté qui l'unissait à une femme aussi distinguée, mais qui n'était point *prophète dans son pays*.

EXTRAIT

TESTAMENT DE M. ANGRAN D'ALLERAY.

———

(C'est à sa femme qu'il s'adresse.)

C'est à vous, ô ma tendre amie! (vous allez être le chef
de la famille, comme vous l'avez été de mes affections),
c'est à vous qu'il est réservé de suivre l'effet de mes inten-
tions. Ce sera, j'ose le penser, un douloureux emploi; mais,
n'est-il pas des douleurs dont l'ame ne voudrait pas être
privée? Je l'éprouve dans ce moment, où je m'abîme volon-
tairement dans l'idée de la séparation que je vais subir. Vous
les ressentirez par le souvenir que votre douleur même vous
rappellera, du bonheur dont nous avons joui, de cette union
inaltérable qui va être rompue. . . . .

. . . .

Vous prendrez ma tabatière composée des paysages que
vous avez faits. Vous les aviez consacrés à être, entre mes
mains, le gage des sentimens les plus intimes : je m'imagine
que vous trouverez bon d'en faire encore le même usage,
en la donnant à la personne du monde qui connaît le mieux
les caractères de l'amitié, qui nous a présentés l'un à l'autre
pour en goûter les charmes, qui m'a toujours comblé de la
sienne, dont je prise le plus les sentimens, et pour qui j'ai
toujours conservé la plus parfaite reconnaissance; l'intérêt

le plus tendre, et l'attachement le plus fidèle. Mais ne vous restera-t-il donc rien de moi? Ah! mon amie, vous savez que je n'ai jamais rien eu pour moi. Que puis-je détacher de ce qui m'a été personnel, pour être encore à vous? J'ai cependant cette vieille montre dont vous avez tant plaisanté; gardez-la, elle vous rappellera que je vous aimai et honorai toutes les heures de ma vie. . . . .

. . . . '. . . . . .

Je recommande à mon frère M. *** et ***, de même qu'à Mᵐᵉ d'Arconville. Je prie aussi mon frère de prendre tous les soins que je laisse à Mᵐᵉ d'Arconville, de concert avec elle ; et pareillement, dans le cas où la providence aurait voulu qu'il lui survécût. Il a toujours été mon conseil, il doit être celui de ma famille. J'ai eu, dans le monde, des avantages sur lui ; sa santé et sa modestie l'ont retenu dans le célibat et dans un état moins apparent que ceux par lesquels j'ai passé. Il eût été bien plus capable de les remplir. Si j'ai eu quelques succès, je les dois principalement à la prévention qui naissait, en ma faveur, de la haute estime dont il a toujours joui, et qui rejaillissait sur moi par l'intimité de notre liaison. . . . .

. . . .

Tout le surplus de mes biens se partagera entre mes en-enfans, suivant l'ordre de la nature et de la loi. Ils se sont toujours occupés de concert à me faire jouir de la vie la plus heureuse : ils redoubleront unanimement d'affection et de soins pour leur mère. C'est une consolation en la quittant. Puissent-ils ne pas m'oublier! C'est de leurs vœux, c'est de vos vœux, mes filles, et de l'intercession de celle que le Dieu de miséricorde a déjà retirée auprès de lui, que je puis attendre l'adoucissement des peines que j'ai à craindre de sa justice : voudrait-il contrister des âmes qu'il se réserverait?

J'ai confiance que vous êtes de ce nombre : il vous a fait naître avec des sentimens de vertu, je les ai cultivés. Mon cri de mort sera : Grâces, grand Dieu ! J'ai contribué à vous glorifier par celles dont vous m'avez chargé.

A . . . . . ce 4 novembre 1790.

II.

Mᵐᵉ DE MONTROND.

La comtesse de Montrond (1) (Angélique-Marie), cousine germaine de madame Thiroux d'Arconville, dont il a été question dans la notice précédente, a laissé, à Besançon, d'honorables souvenirs que cette ville se plaît à conserver. Mais, jusqu'en 1821, époque de l'impression d'un opuscule fait par un de ses amis, M. de Lally-Tolendal (2), elle n'avait été signalée à l'opinion publique que par le *Long Parlement d'Angleterre et ses crimes*, écrit politique qui parut en 1790 (3).

Son père, M. Darlus du Taillis, marié à une de-

(1) On prononce *Mon-trond*.

(2) *Lettre d'un voyageur français, présent à l'inauguration du monument de Lucerne, consacré à la mémoire des officiers et soldats suisses, morts pour la cause du roi Louis XVI, les 10 août et 30 septembre 1792.* (In-8°, Paris 1821.)

(3) On savait généralement, à Paris du moins, que cette production était d'elle, quoiqu'elle eût voulu garder l'anonyme,

moiselle Merlet, était frère du père de mesdames
Thiroux d'Arconville et Angran d'Alleray. Il appar-
tenait à l'administration qu'on nommait alors la
Ferme générale.

Mademoiselle Darlus fut mise au couvent dès l'âge
de cinq ans, et elle devait n'en sortir qu'au moment
de se marier. Tel était, avant la révolution française,
l'usage adopté à l'égard des jeunes filles du premier
ordre de la société : quelques-unes finissaient par y
rester, comme on disait alors, en *chambre*. Ayant
perdu sa mère de très bonne heure, et son père, lorsqu'elle avait dix-sept ans, elle se trouvait, dans sa
vingt-deuxième année, maîtresse d'une fortune de six
à sept cent mille livres, et cet avantage était rehaussé
chez elle par les dons les plus heureux de la nature :
d'abord, un visage charmant, une fort belle taille; puis
un esprit peu commun, très orné, et une brillante
imagination. A cette époque décisive pour tout son
avenir, on ne reconnaissait en elle qu'une seule im-
perfection : c'était un commencement de surdité dont
elle avait été affligée dans son enfance, par suite de
la petite vérole, surdité qui alla toujours en augmen-
tant. Recherchée par plusieurs grands partis, elle
accorda la préférence au comte de Montrond, officier au régiment des gardes françaises, dont le père,
président à mortier au parlement de Franche-Comté,
avait été, dans son temps, un homme fort aimable,
reconnu généralement pour spirituel et généreux. Il

portait le nom de Chatillon, auquel sa famille a re-
noncé plus tard, et tenait à toutes les meilleures familles du pays; enfin, le président de Chatillon avait
ce que l'on appelle une grande existence de province.

L'extérieur de M. de Montrond, qui était même
un très bel homme, prévenait d'abord pour lui, et
il devait, de son côté, être riche. De l'union de ces
deux époux, qui ne fut pas de longue durée, na-
quirent trois fils. L'aîné (comte Édouard), marié à
mademoiselle de Scey, homme d'esprit et bibliographe
très érudit, a été longtemps sous-préfet, pendant la
restauration, à Montbéliard, département du Doubs.
Il y est recommandé à la mémoire de tous par les
traces et les traditions de son administration, qui
était à la fois ferme et paternelle. Le second (comte
Casimir), vanté pour sa figure, sa taille et son élégance, doué en sus d'un esprit prompt et piquant, a
obtenu de nombreux succès en différens genres,
dans ce qu'en France on appelle particulièrement
le *monde*. Le troisième des fils sera mentionné plus
tard.

Madame de Montrond avait contracté une amitié
de couvent avec la princesse d'Hénin, qui a marqué,
ainsi que sa mère, dans la société de ce temps-là.
Quand la princesse en vint à réunir journellement
dans sa maison ce que la cour et la ville offraient
de plus distingué par la naissance, le rang et les dons
de l'esprit, elle resta fidèle à son amie d'enfance.

Chaque année, lorsque celle-ci quittait Besançon pour venir passer quelques mois dans la capitale, madame d'Hénin s'occupait avec grâce et cordialité de la mettre en évidence, de la placer à son véritable point de vue. Bientôt madame de Montrond n'eut besoin que d'elle-même pour fixer l'attention de cette élite de la bonne compagnie de Paris. Elle avait un appartement chez sa sœur, madame de Périgny, autre femme de mérite et fort instruite, qui a laissé trois filles. Une seule survit, madame de Joubert. Éclairée, modeste, pleine de bon jugement, elle a été souvent pour moi une autorité dans mes études sur la seconde moitié du XVIIIe siècle.

Si la position, et surtout le caractère de madame de Montrond, excluaient les hautes prétentions, elle était traitée avec d'autant plus d'égards et de prévenance, par les grands seigneurs et les grandes dames qui, quoi qu'on en dise, ne se faisaient remarquer alors, dans les salons, que par un surcroît de cette affabilité bienveillante et aisée qui a toute la grâce du naturel. L'éclat d'une illustre origine n'était guère qu'une première prévention favorable de la bonne éducation qu'on avait reçue, du langage et des manières, fort éloignées du commun, auxquels on avait dû se former de bonne heure; mais cet éclat était loin de donner exclusivement des droits à la considération.

On nous représente sans cesse la société du siècle dernier comme entichée, tout entière, des préjugés les plus ridicules, ne sacrifiant qu'à la vanité, dédaignant et repoussant les classes inférieures; eh bien ! cette société, si dépréciée et si mal connue, n'admettait même pas, dans sa composition habituelle, la distinction positive des conditions, qui est si tranchée, à présent encore, dans d'autres pays européens, et surtout dans certaine petite république, où rien ne motive l'énorme différence établie entre les diverses classes de la société et la séparation absolue entre les gens du *haut*, et les gens du *bas* de la ville (1).

Faute de ces grands intérêts politiques qui, depuis quarante ans, nous absorbent, et, trop souvent, nous bouleversent, on ne songeait, dans les jours paisibles que je retrace, aussitôt qu'on avait fini de remplir les devoirs les plus essentiels d'état et de famille, qu'à se procurer les agrémens de la société. Se rapprocher pour arriver à un but commun, le plaisir. Chercher à plaire, à s'amuser, à *se rendre heureux*, (suivant l'expression consacrée alors), c'était la grande affaire de la vie, ou plutôt la vie elle-même. Les rangs tendaient à se mêler, et non à se rompre. Les grands, dépouillés de l'autorité et des hommages

---

(1) Cette séparation est telle, qu'un Génevois, habitant de Paris, et chargé de surveiller deux enfans de Genève, l'un *du haut* et l'autre *du bas* de la ville, ne peut pas les faire venir ensemble chez lui. On m'a même assuré que l'on défend aux domestiques du quartier haut de faire des emplettes chez les marchands du quartier bas.

qui avaient cessé d'appartenir exclusivement à de
hautes dignités et aux premières charges du royaume,
étaient arrivés à la richesse par l'alliance, opérée
sous le régent, de la cour avec la finance. Les avantages attachés à l'argent et le plaisir remplaçaient,
pour eux, le pouvoir et la représentation. Ils n'avaient
donc guère d'autre pensée que posséder et jouir. De
là, une étude approfondie de tous les moyens d'ani-
mer, d'embellir ses journées ; de là, pour arriver de la
théorie à la pratique, la recherche de tout ce qui
pouvait satisfaire le mieux l'amour propre, exciter
la sensualité, diversifier avec le plus d'art la manière
de dépenser le temps ; de là encore cette préférence
accordée quelquefois à des gens de conditions inférieures, et ces liaisons secrètes qui procuraient un
nouveau raffinement de jouissance et de volupté.

Quel spectacle singulier ! Les hommes placés naturellement au-dessus des autres semblaient n'aspirer
qu'à descendre, et ne mettre de prix, en fait de pri-
viléges, qu'à celui de s'abandonner eux-mêmes !... La
vanité, au surplus, ne perdait pas ses droits, en ayant
l'air d'y renoncer : elle n'abdiquait que par calcul, et
tendait la main à d'autres jouissances vers lesquelles
se portait l'esprit de cette époque. On se faisait af-
fable et modeste pour pouvoir pénétrer dans un monde
nouveau, où la grâce personnelle était sentie plus
que toute autre ; où les amusemens et les succès de
l'*esprit*, proprement dit, étaient les seuls ambitionnés ;

enfin , où sous mille formes différentes ; la lutte
pacifique des intelligences , et la lutte, paisible aussi,
de la conversation , permettaient à l'amour-propre ,
consulté avant tout , de secrètes victoires , et même
des triomphes brillans.

Ici je m'appuie , entre autres autorités, du témoi-
gnage de La Harpe , qui fut le favori des salons de
Paris , après avoir été l'enfant gâté de Voltaire , à
Ferney.

Madame de Genlis ne voyait là que le besoin de se
distraire et de s'égayer avec bon goût ; elle vantait
même cette frivolité aimable qui ne lui semblait être
que le repos nécessaire des affaires et du poids de la
journée. Nous avons trop appris, plus tard, que c'é-
tait la perte du caractère individuel, l'altération de
l'esprit national , et l'avant-coureur des calamités publiques; mais qui est-ce qui y pensait sérieusement
avant 1789?

Les gens du monde étaient tellement affamés d'esprit, qu'ils en firent une *dignité*, et même la première de toutes. Le charme de la conversation, principalement, devint un véritable titre à leur estime.
Ce charme fut long-temps attaché à notre pays, où
un contact habituel avec les femmes, donnant à cha-
cun l'envie de doubler ses moyens, pour obtenir leur
suffrage, faisait apprécier justement l'avantage qu'il
y a d'échanger le plus possible, avec elles, ses idées
et ses sentimens. Le résultat était toujours une douce

4

satisfaction réciproque. Si les frais dont les femmes sont l'objet ne portent pas toujours profit, elles en sont reconnaissantes; et, dès-lors, ils nous font honneur et surtout plaisir, ce qui est un heureux pis-aller.

L'attrait irrésistible que l'on trouve à causer et à bien causer, entre gens faits pour s'entendre, survit encore chez nous à tous les goûts, dans les classes qui ne sont pas réduites aux plus desséchantes réalités de la condition humaine; dans les classes où, par une heureuse exception, la rudesse de formes et de langage n'a pas fait jusqu'ici de trop grands progrès. Il n'y eut rien dont la facilité, naturelle ou acquise, de s'exprimer en société, ne pût tenir lieu. L'homme qui, sans aïeux à citer avec orgueil, sans autres dons que ceux qui lui étaient purement personnels, possédait l'usage vif et brillant de la parole, se voyait appelé, applaudi, fêté, dans les cercles les plus distingués. Partout régnait une extrême politesse, monnaie à laquelle on n'est pas obligé de se fier sans examen; mais il y a toujours dédommagement ou excuse quand on s'y laisse tromper. La politesse, qui nous était particulière, a fait école dans toutes les sociétés élevées de l'Europe. Nationalisée hors de France, si je puis m'exprimer ainsi, et conservée par quelques vieux grands seigneurs des cours lointaines, elle se retrouve encore quelquefois dans notre pays; car il nous reste, mais en bien petit nombre, des mo-

numens vivans d'un autre siècle. Il est beaucoup
plus facile de peindre en charge ces modèles de vraie
noblesse et de bon goût, que de les faire oublier, et
même de savoir les continuer.

Nulle part les rapports des gens du monde, entre
eux, n'étaient plus agréables. J'ai dit, et il m'est aisé
de prouver, qu'en aucune autre contrée, les inégalités
sociales n'étaient plus effacées: la fusion de la bonne
compagnie était donc complète, et tout venait s'y
grouper. Oh! qu'il y a loin de la vérité de ce tableau
aux fictions des écrivains modernes, et à ce qu'ils
nous donnent hardiment comme la représentation
fidèle du passé, assurés qu'ils sont de se voir appuyés
par l'ignorance presque universelle de leurs jeunes
lecteurs ou auditeurs.

Ennemi des paradoxes et de toute exagération, je
me garderai bien d'avancer que, sous l'empire de
cette séduisante frivolité du dernier siècle, et du
triomphe qu'obtenait constamment l'esprit, on mé-
ritât, à un beaucoup plus haut degré, l'estime ou
l'éloge que dans telle ou telle autre période de la
monarchie française. La part des faiblesses et de la
corruption réelle a été faite par tout le monde; mais,
pour ne parler ici que du bon emploi du temps dans
la vie sociale, il est à observer que la pitoyable mode
du persiflage, que l'on pourrait croire (d'après un pas-
sage des Mémoires de madame de Motteville) avoir
commencé dans la société de la duchesse de Longue-

ville, cette brillante héroïne de la Fronde, avait
généralement été abandonnée à l'époque où les hommes et les femmes que j'ai signalés, ont si bien tenu
leur place dans les salons. On était revenu des pe-
tites conspirations de méchanceté, retracées et flétries
par Duclos et par Gresset entre autres; enfin, on était
arrivé à regarder la discrétion et le respect des con-
venances comme une sécurité, sans laquelle point de
confiance, ni, à plus forte raison, d'intimité.

En même temps que les communications journa-
lières de différentes classes poliçaient les mœurs, elles
encourageaient les lettres, animaient les arts; elles
développaient la sagacité et la mesure du genre d'esprit qui ne manque jamais d'avoir du succès. Ceux
que leur naissance et leur rang séparaient le plus de
la foule, avaient été, pour la plupart, camarades d'é-
tudes des littérateurs un peu marquans de l'époque:
ils les retrouvaient dans les maisons les mieux fré-
quentées; ils les y voyaient caressés, courtisés, quelquefois même érigés en idoles, dont on élevait la
toute-puissance au-dessus des lois et de l'autorité,
car telle était la disposition des esprits, qui nous a me-
nés si loin en existence politique, ou plutôt en disso-
lution de société.

Mais tant que le genre de rapprochement dont je donne
l'idée ne fut pas troublé par les jalousies, par les haines
entre rivaux, ou par des hostilités ouvertes contre la
religion et le gouvernement, on put y gagner de part

et d'autre, quelque chose pour le fond et beaucoup pour la forme, qui n'est jamais à dédaigner. Si les académiciens et ceux qui aspiraient au fauteuil, répandaient autour d'eux plus de lumières, acquises par l'étude solitaire et par la réflexion, ils sentaient tout le prix de ce qui s'offrait à eux, comme échange, en urbanité, bonne grâce, propriété et élégance dans le choix des mots, aisance de manières, qui étaient naturellement à l'usage des personnes dont *le monde* était l'élément. Ne me sera-t-il pas permis d'ajouter que jamais le sort des gens de lettres ne fut plus digne d'envie?

M. de Barante, partisan zélé, mais non pas exclusif, de ce qui a succédé à l'ordre de choses que je rappelle, comme peintre de mœurs (je ne fais ici aucune allusion à la politique), a, dans son écrit si remarquable sur *la littérature française pendant le XVIIIe siècle*, parfaitement tracé le tableau de ces cercles « où l'on s'honorait de rassembler les écrivains; où « l'on avait l'art d'exciter leur esprit, pour en jouir « à chaque moment..; où ils s'habituaient aux aperçus « rapides, aux expressions fines et fugitives de la « conversation...; enfin où les lettres, se répandant « chaque jour davantage, recevaient de plus en plus « l'influence de la société; où la société re- « connaissait de plus en plus la domination des « lettres.... »

Malheureusement, cette domination une fois éta-

blie, ceux qui l'exerçaient ne se contentèrent plus de
leurs palmes de salons. Ils étaient rassasiés des ap-
plaudissemens donnés à leur prose et à leurs vers
dans les bureaux d'esprit, et même des couronnes
académiques. L'ascendant qui ne tenait qu'à l'influence du talent et du goût de la littérature avait cessé
de satisfaire leur ambition : ils voulurent diriger plus
en grand les esprits ; ils essayèrent donc des théories
dont les inventeurs eux-mêmes eussent fini probablement par condamner de grand cœur l'application,
telle qu'il nous était réservé, comme à eux, de la voir et
d'en souffrir. Raynal, La Harpe et Marmontel se sont
rétractés un peu tard, mais avec une franchise, une
sincérité, qui auraient dû avoir plus d'imitateurs.

Avant 1789, l'exemple des théoriciens maladroits,
insensés ou perfides, avait, il faut le dire, entraîné
trop de gens de la société au funeste attrait des inno-
vations, des réformes qui n'étaient pas vraiment
nécessaires, enfin de l'attaque, tantôt sourde et tantôt violente, contre tout ce qu'on avait été si long-
temps habitué à respecter. Ce fut alors que l'on vit ce
beau tapage que Voltaire avait annoncé, qui dure
encore, et dont plaise à Dieu de nous laisser entrevoir
le terme !

Madame de Montrond, dont ces réflexions n'ont
pas dû trop nous écarter, avait ses raisons pour être
plus sensible que bien d'autres à l'esprit proprement
dit et à tout ce qui vient s'y rattacher. Au surplus

elle déclarait devoir à sa surdité principalement le goût ou plutôt la passion qu'elle avait pour les occupations de cabinet. Presque toujours isolée au milieu de la société, elle se livrait essentiellement à une vie de pensées et d'études dont elle avait contracté de bonne heure l'habitude. Ses journées et une partie de ses nuits se passaient à lire tous les livres qui lui tombaient sous la main, à noter les morceaux dont elle avait été le plus frappée; c'est ainsi qu'elle développa ses dispositions naturelles, qu'elle étendit ses idées et acquit le talent d'écrire. On a trouvé chez elle, après sa mort, plusieurs liasses de manuscrits dont son fils aîné n'a pas cru devoir donner connaissance au public.

Possédant l'anglais, comme si elle avait résidé long-temps à Londres, et ayant, dans cette langue, une correspondance avec Burke, elle savait par cœur les plus beaux passages de Shakspeare et traduisait, encore fort âgée, des ouvrages plus ou moins connus du pays de ce grand poète, sans en parler à personne. La lecture de Sterne la charmait, on le conçoit sans peine : madame de Montrond recevait ainsi que l'auteur du *Voyage sentimental*, des impressions très vives de certains objets extérieurs, de certaines paroles qui, pour bien d'autres, n'auraient été qu'insignifiantes, et seraient même restées inaperçues.

La littérature italienne à son tour l'avait intéressée et lui était même devenue familière. Enfin, elle avait une connaissance du latin suffisante pour lire dans le texte les plus grands écrivains de Rome ancienne; mais elle ne convenait pas de ce dont plus d'une femme peut-être fait trop d'étalage maintenant.

En français, ses auteurs favoris étaient Bossuet, plus encore Fénelon et saint François de Sales, sur lequel elle s'exprimait avec une sorte d'exaltation qui ne l'empêchait pas toutefois d'être passionnée aussi pour Jean-Jacques Rousseau, suivant la mode, et je dirai presque la folie, de ce temps qui a faussé un si grand nombre de bons esprits. Elle pouvait avoir été influencée à cet égard par sa tante, madame de la Tour-Franqueville (1), née Merlet, et sœur de la mère de madame de Montrond. Celle-ci n'avait pas été en commerce de lettres avec le philosophe de Genève, mais avec un de ses amis, M. Dupeyrou, dont elle faisait le plus grand cas.

Superstitieuse sur ce que la physionomie indique et souvent trahit, elle jugeait d'abord, de même que Lavater, d'après les traits et l'expression du visage, les individus qu'elle rencontrait, concluant en leur faveur ou contre eux de la manière la plus absolue. Si c'était une prétention, elle ne l'affichait pas, et n'exigeait nullement que l'on vît par ses yeux; mais son tact de physionomiste était très remarquable. Dans le temps même où elle n'avait pas encore fait di-

_____

(1) Il sera question de cette dame dans la notice suivante.

vorce avec le monde, comme elle n'entendait qu'avec beaucoup de difficulté, elle étudiait les figures afin de deviner ce que l'on disait, et si bien qu'une longue habitude lui avait donné une très grande finesse de perception. Elle saisissait même, du bout d'une table à l'autre, par le seul mouvement des lèvres, ce que l'on avait dit.

Obligée un jour de subir un interrogatoire sur faits et articles au tribunal de Besançon, elle dicta avec une précision admirable ses réponses aux demandes qu'on lui adressait par écrit. Un greffier qui rédigeait à mesure ce qu'elle disait, n'était pas toujours parfaitement exact : madame de Montrond, lisant à rebours ce qu'avait tracé la plume de cet officier public, signala les rectifications nécessaires, de manière à frapper de surprise les assistans.

J'ajouterai que ses idées sur la physionomie étaient tellement arrêtées, qu'elle avait de la peine à croire que la douceur et la bonté pussent dominer dans une femme aux lèvres minces et à la bouche pincée. Lavater eût trouvé en elle, tantôt un disciple docile, et tantôt un contradicteur peu disposé à sacrifier sa conviction.

Elle avait été femme du grand monde, du monde réputé heureux par excellence. Comme tant d'autres, elle s'était laissée aller à jouir de la vie telle que l'avait faite l'ordre social établi en France avant 1789. Elle n'en avait pas moins vu la révolution avec

les illusions d'un cœur généreux. Il était difficile
d'ailleurs qu'elle ne partageât pas la manière de sentir
et de juger des personnes qu'elle fréquentait le plus,
M. de Lally-Tolendal et la princesse d'Hénin; mais
à dater des 5 et 6 octobre, cette révolution ne lui
inspira plus que dégoût et horreur. On lui attribua,
en 1790, la romance toute royaliste du *Troubadour
Béarnais*, dont le refrain était répété si souvent
avec des larmes :

> Louis, le fils de Henry,
> Est prisonnier dans Paris.

Certes, elle eût été bien capable d'écrire par in-
spiration, l'espèce de complainte dont il s'agit; mais il
est constant que c'était l'ouvrage du spirituel abbé
Arthur Dillon, celui qui, pendant les deux premières
années de nos troubles politiques, combattit coura-
geusement et gaiement tout à la fois, les novateurs
et leurs excès dans les journaux de Paris, sous le
nom de *Coquillart*. Du reste, elle paya son tribut
en donnant plusieurs articles au piquant recueil qu'on
appelait : *les Actes des Apôtres*, et qui consolait ou
du moins amusait les vaincus, sans être indifférent
aux vainqueurs.

J'ai rappelé au commencement de cette notice,
une brochure de circonstance, publiée par madame
de Montrond, et qui était très forte de raisonnement.

« Elle s'efforçait, a dit M. de Lally-Tolendal, d'arrêter la *législature* française sur la pente d'un abîme, au fond duquel la précipitaient d'aveugles factieux. » L'auteur du *Long Parlement d'Angleterre et ses crimes* n'avait pas douté un instant que la fidélité de la ressemblance, que l'exactitude de l'analogie, ne ramenassent la sollicitude publique de Charles Ier à Louis XVI, pour le plus grand avantage de celui-ci et de son royaume.

Ce fut à madame de Montrond que le même député célèbre, qui a été de nos jours pair de France, adressa le cri de son indignation en abandonnant l'Assemblée nationale. Son ami se hâta de faire imprimer la lettre de M. de Lally-Tolendal, que Burke recueillit dans son livre fameux, intitulé : *Réflexions sur la révolution de France* (1790), et qui a été reproduite par les annalistes du temps.

Elle émigra aussi avant la fin de 1790, se rendit à Neuchâtel chez M. Dupeyrou ; et, à la mort de celui-ci, passa en Angleterre avec un seul de ses enfans, le comte Hippolyte de Montrond, qui est le dernier des trois. Elle ne revit son pays qu'après le 18 brumaire an VIII (9 novembre 1799), et se fixa, n'étant plus en jouissance que d'un douaire de 40,000 fr., à Besançon, qu'elle n'avait jamais cessé d'affectionner. C'est là qu'elle a vécu pendant la dernière portion de sa longue carrière, ayant conservé, non pas une bonne santé, mais une bonne vue qui

la dédommageait de ce qui manquait à ses oreilles ;
et toujours le besoin de s'occuper sans relâche.

C'est pendant ses quinze dernières années qu'elle
a le plus écrit : d'abord beaucoup de lettres, et
ensuite quelques traductions dont elle s'amusait sans
se fatiguer. Elle partageait le reste de son temps
entre la lecture, un peu de dessin et des ouvrages de
femme, pour lesquels elle avait une adresse singu-
lière.

Dans la maison qu'elle occupait, demeurait aussi
M. Weiss, bibliothécaire de la ville, homme très
érudit, d'un caractère bon, attachant, et qui aime
avec passion sa patrie, la Franche-Comté, dont personne mieux que lui n'écrirait l'histoire. Elle le re-
lançait dans la vie solitaire, un peu sauvage même,
et constamment studieuse, qu'il se plaît à mener,
quelque recherché qu'il soit par de nombreux amis.
Elle aurait voulu épancher sans cesse avec lui le trop
plein de son ame et de son esprit ; mais presque toujours c'était la plume à la main qu'elle le provo-
quait, ce qui ralentissait beaucoup leurs communications.

Madame de Montrond est morte le 8 juin 1827,
à l'âge de 82 ans. Elle avait encore toute sa tête, et
montrait beaucoup de calme, de résignation. On est
tenté de croire qu'elle tenait extrêmement à obéir
aux lois de l'Église, puisqu'elle avait adressé, en mars
1805, au pape, par l'entremise du cardinal Caprara,

son légat à Paris, une demande toute particulière.
Elle sollicitait la permission de travailler des doigts
les dimanches et fêtes, en raison de son âge et de ses
infirmités, qui l'empêchaient de sortir, comme aussi
de s'appliquer long-temps de suite à la lecture. Cette
permission lui fut accordée *pour les motifs de religion
et de charité qui sont autorisés par les théologiens
dans leurs traités.* Ceci m'a frappé beaucoup, car
quelle est la femme de mérite, la mère de famille, soit
à Paris, soit dans un château, qui ne gémit pas de ne
pouvoir, les dimanches et fêtes, aux heures de salon,
se servir de son aiguille, sans *faire œuvre servile?*

Douée dans sa jeunesse de tout ce qui constitue la
beauté physique, riche des dons de l'esprit et ornée
des qualités brillantes que la société apprécie davantage, elle était restée une personne essentiellement
aimable, très vive, abondante en idées et en sentimens, cherchant en tout l'instruction, remplie de
délicatesse dans sa générosité caractéristique, et surtout profondément sensible, sensible jusqu'à l'excès.

Elle disait, en 1819, à M. de Lally-Tolendal, qui
la revoyait, après bien des années agitées par une
succession d'évènements extraordinaires : « Quel pau-
« vre étui j'offre à vos regards, d'une ame si aimante,
« si forte, et je le sens, si digne de celui dont elle
« est émanée (1). »

(1) M. de Lally-Tolendal, que Rivarol, avec une gaieté maligne

Elle ajoutait : « Je suis la postérité du temps actuel :
« je le juge comme elle le jugera ; mais à moins
« qu'elle ne soit à la fois juge et victime, elle ne le
« jugera pas comme moi, car elle n'aura pas, comme
« moi, été pénétrée d'une espérance ; que dis-je !......
« d'une attente si heureuse, de sentimens si vifs,
« d'une joie si loyale et si française ! »

Le correspondant, plusieurs fois nommé ici, n'a
pas cru devoir nous donner l'explication de ces dernières paroles : on la trouverait sans doute dans les
idées politiques que madame de Montrond avait
adoptées à la fin de sa vie. Tant qu'avait duré le des-
potisme de Buouaparte, elle s'était prononcée jusqu'à
la véhémence dans sa haine pour lui et pour son
joug de fer ; jamais elle n'avait cessé d'être attachée
à tout ce qu'il y a chez nous de légitime en fait de
liberté. Mais à une époque récente, où l'esprit d'op-
position au gouvernement existant n'avait plus les
mêmes bases que sous l'Empire, elle avait pu, en ju-
geant la marche alors suivie, se tromper quelquefois
dans le blâme comme dans l'éloge, faute de rapports

qui n'était peut-être pas de la méchanceté, avait qualifié *le plus
gras des hommes sensibles*, a prétendu que madame de Montrond
avait des *réservoirs à larmes* pour toutes les souffrances de l'humanité. « Jugez, dit-il, de ce que lui ont fait sentir les longues
douleurs de la France ! » Sans rien ôter au mérite de l'ami de madame de Montrond, on peut sourire de ces *réservoirs*, où il n'avait
pas besoin de puiser, lui qui s'attendrissait, qui pleurait même,
si facilement.

suffisans avec des esprits qui fussent aussi justes qu'éclairés. Elle était donc en contradiction fréquente avec beaucoup de ses anciens amis : à cet égard, elle n'avait rien à débattre avec M. de Lally-Tolendal, son héros, son oracle et son *frère*, comme elle se plaisait à l'appeler. Si elle avait vécu jusqu'en 1830, peut-être aurait-elle fait valoir son talent de prévision, se trouvant alors en présence de la victoire et de la toute-puissance des faits; mais elle et son ami auraient-ils gardé, dans ces quatre dernières années-ci, leur manière de voir et de juger en politique?

Des détails qui ne sont relatifs qu'à elle seule, je passe maintenant au récit d'un incident qui, en 1814, fut de la plus grande importance pour la ville de Besançon, devenue la patrie adoptive de madame de Montrond.

Pendant le blocus autrichien qui, au début de la restauration, retardait dans la Franche-Comté, déjà éprouvée par tant de maux, la jouissance des avantages que devait ramener le retour de la dynastie des Bourbons, on se plaignait de ce que le général Marulaz, commandant de la division militaire, et établi à Besançon, ne s'occupait pas assez d'adoucir pour les Bisontins les privations et les rigueurs d'une pareille situation. Un officier supérieur du génie, tout plein encore du souvenir des mesures sévères de défense qu'il avait vu employer au siége de Saragosse, conseillait au général de faire rompre, par excès de prévoyance, le pont de pierre qui s'élève sur le Doubs, et qui met en communication les deux parties principales de la ville. Ce malheur semblait manquer seul aux habitans désolés.

Un jour, le bruit se répand qu'une lettre de Fénelon, adressée à un chef militaire que les ordres de Louis XIV avaient placé dans des circonstances tout-à-fait analogues à la position actuelle du commandant nommé par Buonaparte, vient de lui tomber entre les mains. L'archevêque de Cambrai engageait fortement, disait-on, le guerrier, son contemporain, à ne point aggraver sans nécessité les maux de la guerre pour les sujets du grand roi, auquel il rendait en ce moment la plus entière justice, quoiqu'il en eût, on le sait, encouru toute la disgrâce.

Ceux qui, à cette époque de 1814, avaient eu les premiers, occasion de connaître la lettre de Fénelon, affirmaient qu'il y avait mis toute sa logique et son onction accoutumées. On rapportait aussi qu'à la lecture de l'écrit retrouvé, le général Marulaz, dévoué entièrement aux devoirs de son état, et n'ayant voulu jusque-là obéir qu'aux instructions de Buonaparte, s'était laissé voir tout ébranlé par la force entraînante des argumens, si semblables à ceux qu'on aurait pu lui adresser à lui-même. Sa vie antérieure n'avait été nullement consacrée à l'instruction littéraire; mais il avait de l'ame, et il était au fond ce que l'on appelle un brave homme. De là son émotion et son hésitation bien excusables.

Voici la lettre telle qu'elle a été communiquée par M. Weiss à l'auteur de la présente notice.

LETTRE DE M. DE FÉNELON, TROUVÉE DANS LE PORTE-FEUILLE QU'UN ANCIEN MILITAIRE AVAIT HÉRITÉ DE SON GRAND-PÈRE.

Monsieur le Commandant,

Malgré la difficulté des communications, j'ai reçu la lettre où vous me demandez de vous exposer la différence entre la défense d'une ville assiégée et celle d'une ville bloquée; et, ce qui me touche le plus, c'est que vous me dites que ce n'est point à l'auteur de *Télémaque,* qui s'est mêlé de politique, mais à l'archevêque de Cambrai, que vous demandez la solution de cette question. Comme on ne se sépare point aisément de soi-même, il est possible qu'en voulant n'être que religieux, je me montre un peu politique.

C'est une grande faveur de Dieu envers les malheureux humains, lorsque ceux qui parcourent la terrible carrière de la guerre sont pénétrés de cette crainte de Dieu si salutaire pour le maintien de la justice, et si propre à adoucir la rigueur des lois militaires. Je vous félicite donc, monsieur le Commandant, d'avoir su conserver vos principes religieux au milieu des camps, et de pouvoir jouir de la gloire que vous y avez acquise, sans qu'il en coûte à votre conscience un remords, ni à aucun citoyen paisible une larme que vous ayez pu lui épargner.

5

Avant de prendre la plume, j'ai passé quelques heures en méditation devant celui qui peut donner aux hommes des lumières qui ne les trompent point.

Voici le fruit de mes méditations : il m'a semblé assister à l'audience de congé que vous a donnée notre roi Louis XIV, en vous confiant la défense de la ville menacée où vous commandez aujourd'hui. Je l'entendais vous dire :

« Allez, Monsieur, recueillir de nouveaux lauriers, servir « la gloire de la France et la vôtre; mais n'oubliez jamais « que vous avez à la fois à défendre et à conserver. Distin- « guez toujours les habitans de la garnison, la garnison des « murailles, et ne sacrifiez ni les habitans à vos troupes, ni « les troupes à une vaine ostentation de bravoure, qui n'est « souvent que la cruauté déguisée sous un nom pompeux, « et qui, à la fin, autorise la barbarie des vainqueurs, « comme l'histoire n'en offre que trop d'affreux exemples. « Votre vertu reconnue, et qui dicte mon choix, vous pré- « sentera elle-même la différence entre une ville peuplée et « une simple forteresse. Faites-y chérir mon pouvoir par « votre respect pour les propriétés; n'exigez que le plus « strict nécessaire, et cela avec la justice et la douceur qui, « en inspirant respect et confiance, inspirent aussi les sacrifices « qui coûtent moins et produisent plus que les spoliations. « Que vos soldats méritent d'être regardés, d'être traités en « frères par les habitans qu'ils doivent défendre; et vous, « soyez le père de tous, mais particulièrement le protecteur « des habitans, qui sont et mes sujets et mes enfans. Si votre « ville est assiégée, défendez-la de tous les moyens réunis « par mon ministre de la guerre, de toute votre valeur; « mais ne vous y laissez point emporter, et que la prudence « la dirige. Et si vous perdez l'espérance que mes troupes « en campagne puissent vous secourir, rendez la ville avant

« sa ruine. Si vous êtes bloqué avec opiniâtreté, alors la
« valeur est une puissance morte; et c'est à d'autres lois
« qu'à celles de votre courage que vous devez recourir. Les
« maladies, la mortalité parmi les soldats, dans les hôpitaux,
« le manque de médicamens, la diminution des rations, la
« disette parmi les habitans et l'impossibilité d'être ravi-
« taillé, sont des causes de reddition dont vous trouverez
« l'obligation dans votre conscience comme dans l'humanité
« qu'un vrai guerrier ne doit jamais perdre de vue. Rap-
« pelez-vous ce Duguesclin (l'honneur éternel de la France
« comme des temps héroïques de la chevalerie), ordonnant
« à ses troupes de respecter, de protéger tous les habitans
« paisibles, même en pays ennemi. Que pas un de ceux de
« la ville que je commets à votre garde ne périsse de mi-
« sère, ni de la contagion des hôpitaux, dont les ravages
« suivent toujours la pénurie de la nourriture. Vous répon-
« drez devant Dieu et devant moi de la mort, fût-ce d'un
« seul enfant, par votre faute. Songez tous les jours à cette
« responsabilité terrible, et tremblez si vous devenez l'homi-
« cide volontaire d'aucun de mes sujets qui périrait sans dé-
« fense, victime de l'entêtement ou de vos déprédations. »
Puis s'arrêtant et voyant votre consternation à un discours
si sévère, il vous tend la main avec cette affabilité rare,
mais touchante, qu'il sait si bien employer, et vous dit :
« Pardonnez, mon cher général, cette menace si superflue :
« attribuez-la, et vous ne vous tromperez pas, au regret de
« cette ardeur guerrière qui a fait tant de mal à mes fidèles
« sujets. L'âge, la réflexion, les malheurs ont flétri dans
« mon esprit, et mes triomphes et mes conquêtes. Ce sen-
« timent, dont rien ne me détourne, que la guerre actuelle
« rend plus douloureux encore, a seul dicté la fin de mon
« discours; et, si vous avez pris des villes, c'est la première

« fois que vous en aurez une à défendre. Excusez-moi donc
« et soyez sûr de ma confiance. Adieu, brave et loyal mili-
« taire, prenez soin de la ville, de la garnison et surtout des
« habitans. »

Qu'ajouter à cela, monsieur le Commandant, sinon la défense
faite par Dieu même, dans ses admirables commandemens,
d'être homicide de fait et même de volonté ? Vous ne pouvez
plus communiquer avec Versailles ; vous ne pouvez plus ni
demander, ni recevoir d'ordre. Votre conscience est votre
guide ; et votre valeur, vos talens, vos succès, éloignent
toute contention entre le désir de renommée si naturel à un
guerrier et la conscience d'un chrétien. Le chrétien est de
plus sujet fidèle et dévoué d'un grand roi, maintenant dés-
abusé et père de son peuple. Comme Moïse sur la mon-
tagne, je vous seconderai de mes ardentes prières. Je deman-
derai à Dieu que la lassitude des assiégeans, ou un secours
inattendu, sauve votre ville avant que les maladies ou la disette de nourriture ne vous forcent à en ouvrir les portes.
Hélas ! suivant les récits de votre messager, cette ville infor-
tunée n'a déjà que trop souffert, puisque les mesures de
prudence, ordonnées pour sa sûreté, ont été aussi rigou-
reuses que, si, au lieu d'un blocus, les Alliés en avaient
formé le siège. Mes pauvres diocésains, ouailles chéries que
j'ai toujours trouvées disposées à soulager, à prévenir les
besoins du pauvre, que Dieu vous bénisse et vous console !
Et vous, monsieur le Commandant, qu'il vous récompense de
l'humanité avec laquelle vous compatissez aux regrets que
vous n'avez pu leur éviter, et de la générosité qui vous a
fait partager avec eux et vos braves soldats toutes vos res-
sources personnelles. Sur ce vœu, je termine ma lettre,
vous assurant de l'estime profonde et des sentimens, etc.

Le commandant impérial de Besançon n'avait d'abord montré qu'aux seuls officiers dont il était immédiatement entouré, l'écrit si persuasif que l'on vient de lire : tous s'étaient demandé comment l'on n'avait pas découvert plus tôt cette lettre, digne en tout d'un des personnages historiques du grand siècle dont la France s'honore le plus. Les gens instruits de la ville, sous les yeux desquels les paroles du célèbre instituteur du duc de Bourgogne, passaient successivement, témoignaient la même surprise et la même admiration. Mais le langage de Fénelon était destiné à un bien autre genre de succès, au plus grand et au plus utile qu'il pût obtenir.

Tout à coup, M. Marulaz déclare qu'il cède aux raisonnemens de l'homme de Dieu, de l'homme de paix, comme si c'était à lui que celui-ci eût voulu parler : il consent à traiter, pour rendre la place à Louis XVIII, remonté nouvellement sur le trône de ses pères, et reconnu avec enthousiasme par les Bisontins. Point d'objection de la part du préfet, Jean de Bry, qui avait été l'un des juges de Louis XVI, mais qui était alors dominé par ses remords. Cet administrateur, plus souple ou mieux instruit (n'importe comment), de ce qui s'était déjà passé à Paris et dans presque toute la France, tenait tout prêts, chez lui, les insignes de la royauté des Bourbons ; en un mot, il avait fait à loisir son *impromptu*. On voit que les plus ardens révolutionnaires sont souvent hommes de précautions.

Lorsqu'on avait parlé de cette lettre devant madame de Montrond, intéressée comme tout le monde à la question du blocus et des inconvéniens majeurs qui en résultaient, elle n'avait rien exprimé de particulier, rien laissé voir d'extraordinaire sur sa physionomie. On finit par apprendre, mais au bout de fort long-temps, que le mérite en appartenait à elle seule; en un mot, que cet écrit était son ouvrage. Elle l'avait composé à l'âge de soixante-douze ans. Il fallait bien de l'esprit, et en même temps bien de l'ame, pour reproduire avec autant de naturel et de justesse le style et le caractère de l'auteur de *Télémaque*. La copie que je possède, et qui n'est pas la seule, est toute de la main de cette dame.

En rappelant le fait et le résultat favorable qu'il eut pour une ville de vingt-cinq mille ames, j'aime à proclamer, le premier, en dehors d'une étroite enceinte de murailles, une aussi belle et bonne action, qui, en la personne de son auteur, honore tout un sexe. Il est temps de rendre hommage à qui il appartient. Je ne doute pas que mes lecteurs ne payent le même tribut que moi à une femme qui, bien qu'appréciée et chérie de son vivant, n'avait fait que très peu de bruit dans le monde. Quelle heureuse idée et quelle vive satisfaction surtout pour madame de Mon-

trond, d'avoir si parfaitement et si à propos remis
en scène Fénelon! Il y a plus; craignant que le moyen
qu'elle avait employé ne restât sans succès, elle avait
dressé encore d'autres batteries, et essayé de faire
parler, dans le même sens et toujours par forme de
correspondance, un vétéran de l'armée de Buonaparte. Il existe aussi plusieurs copies de la seconde
lettre qu'elle avait préparée pour porter le dernier
coup au général Marulaz.

Qui donc pourrait se refuser à répéter, avec moi,
qu'à ce titre, indépendamment de toute autre matière
d'éloge, la mémoire de madame de Montrond ne doit
jamais périr dans Besançon? S'il ne lui a pas. été
donné d'égaler Jeanne d'Arc, Jeanne Hachette, madame Élisabeth et mademoiselle de Sombreuil, elle
n'en a pas moins mérité d'être revendiquée par toutes
les bonnes Françaises, sans exclusion d'un hommage
encore plus général.

Mme DE LA TOUR-FRANQUEVILLE.

Madame de la Tour-Franqueville, née Merlet (1)
(Marie-Anne), vint au monde en 1733. C'était une
femme belle et éminemment spirituelle, que ses rapports avec J.-J. Rousseau ont fait participer, comme
plusieurs dames de la société du XVIIIe siècle, à l'intérêt qu'inspirait ce célèbre écrivain. Elle avait épousé
un homme qui la rendit malheureuse, et qui dissipa
une grande partie de sa fortune. Son père, voulant
en assurer le reste, l'obligea, dans sa tendre prévoyance, de provoquer une séparation qui eut lieu
en 1775.

Susceptible des impressions les plus vives, et ayant
besoin de s'attacher, elle éprouvait, à la première
vue, dès les premiers mots prononcés devant elle, une
sympathie ou une antipathie prononcée pour les personnes avec qui elle se trouvait. Lorsque la *Nouvelle
Héloïse* parut, en 1760, elle était âgée de vingt-

(1) Voyez la notice précédente, page 56.

huit ans. Sa tête se monta d'abord pour le roman,
puis bientôt aussi pour l'auteur. Vers cette époque,
Rousseau pouvait se vanter d'avoir conquis le suffrage, ou plutôt l'enthousiasme, des femmes et des
jeunes gens. Comment ne les aurait-il pas séduits,
lui qui savait si bien donner à leurs passions favorites
le ton et l'apparence des vertus ? La *Nouvelle Héloïse*, en excitant une sorte de faveur publique pour
l'homme qui devait donner plus tard *Émile*, contribua beaucoup à faire adopter les préceptes, les paradoxes même, de ce dernier ouvrage. Sans cesser d'être
juste, on est heureusement devenu beaucoup plus
calme, de nos jours, sur le compte de Rousseau, de
ses systèmes, et de ses peintures, dont la magie du
style le plus animé et le plus brillant avait commencé
la fortune.

Madame de la Tour désirant avec ardeur de connaître l'objet de son admiration poussée jusqu'à l'excès, en chercha longtemps les moyens, sans pouvoir
s'arrêter à aucun. Rousseau vivait dans la solitude,
auprès de Montmorency; et, loin de vouloir former
des liaisons nouvelles, il rompait les anciennes, se
brouillait même avec des amis intimes, par suite de
l'habitude, qu'il avait récemment contractée, de se
méfier de tout le monde. Elle finit par s'imaginer
qu'elle le forcerait d'entrer en correspondance, en lui
écrivant sous le nom de *Julie*, et lui faisant adresser
en même temps des lettres, sous le nom de *Claire*,

par une amie à elle, madame de S***, qui était bien digne de la seconder. Elle eut à s'applaudir d'un succès obtenu à force de coquetterie épistolaire, d'habileté de conduite, et grâce aussi au prestige qui toujours s'attache au mystère. Rousseau, piqué dans sa curiosité et caressé dans son amour-propre, se plaignit, et ce ne fut d'abord qu'avec douceur, de l'empire qu'une femme était parvenue à avoir sur lui, sans même qu'il eût vu son visage, sans qu'il eût été en mesure de juger, à lui tout seul, si elle était telle qu'elle se dépeignait elle-même.

La correspondance de madame de la Tour de Franqueville ne permet pas de former un doute sur son esprit, que Jean-Jacques qualifiait de *net* et *lumineux*; mais la satisfaction, le besoin qu'elle éprouvait de le montrer, percent trop quelquefois. Du reste, maniant la parole aussi bien que la plume, elle se contentait de sacrifier à une seule idole, et n'aspirait pas à occuper le public. Elle résista nommément aux avances de la maréchale de Luxembourg, de cette protectrice de Rousseau, qui, l'ayant souvent entendu parler de son amie inconnue, de la femme dont la conversation écrite donnait une si bonne idée, aurait bien voulu la rencontrer, ou du moins apprendre au juste ce qu'elle était.

L'humeur inégale, capricieuse, du philosophe commença par s'exercer sur la prétendue *Claire*, qui reçut de lui une lettre très dure. Si madame de S*** n'était pas aussi richement partagée que madame de Franqueville, quant aux dons de l'esprit, elle était beaucoup moins disposée à s'exalter et à pardonner. Elle témoigna avec colère (dans un billet du 15 janvier 1762) le mécontentement que lui causait le langage de l'*ours* dont elle avait favorisé les rapports avec *Julie*, et prit la résolution de rester désormais étrangère à un être aussi bizarre.

Madame de Franqueville continua son commerce épistolaire avec Rousseau, pendant dix ans. Ce n'avait été, dans l'origine, qu'un jeu de l'amour-propre, et un amusement de l'esprit. On avait débuté par un échange de louanges et de remerciemens : la correspondance se soutint par l'expression des sentimens les plus affectueux de la part de la nouvelle *Julie*, et cessa dès le moment où elle se permit quelques observations sur la conduite que tenait le philosophe, soit envers ses amis, soit envers ses ennemis. Ainsi, les rapports dont il s'agit firent, tour à tour, le bonheur et le malheur d'une femme qui avait commencé par chercher à se persuader que son intérêt, que son affection, pour cet homme célèbre, n'étaient qu'un hommage rendu au génie et au talent. Mais son attachement, qui avait pris bientôt le caractère d'une tendre pitié, n'avait jamais perdu celui de la passion, et la passion avait duré bien au-delà de ce que les passions durent ordinairement. Rien ne put décourager madame de Franqueville, ni les reproches, ni

le silence de son *Saint-Preux*, incapable de l'exactitude exigée par elle, et qui se fatiguait de tout, même
des éloges, même de l'enivrement qu'il inspirait. Cependant il lui avait écrit un jour : « Quiconque ne
se passionne pas pour moi, n'est pas digne de moi. »
(Lettre du 26 septembre 1762).

Elle avait envoyé à Rousseau son portrait (1), le
15 septembre 1763, et elle en vint à lui témoigner
une volonté absolue de le voir. Leur premier entre-
tien eut lieu à la fin de 1765 ; mais il paraît qu'elle
n'avait pu l'obtenir qu'en ayant recours à un prétexte
que l'on prenait souvent pour passer avec lui ne fût-ce
que quelques minutes : c'était de lui donner de la mu-
sique à copier. Ils eurent trois entrevues seulement ;
on regrette d'autant plus de n'en connaître aucun détail, que la première période de leur liaison mysté-
rieuse, et aussi la trempe de leurs ames, la nature de
leurs esprits, promettaient beaucoup.

Dans la querelle qu'eut son ami avec Hume, elle
prit la plume pour le defendre absent, et montra,
en cette occasion, une chaleur très remarquable. Il

---

(1) Ce portrait était accompagné d'une lettre où elle lui disait :
« Vous allez donc juger la figure de cette femme dont vous avez
« si sévèrement jugé l'ame, l'esprit et les procédés. Si elle allait
« ne pas vous plaire, ce qui pourrait fort bien être (de plus agréa-
« bles ne plaisent pas à tous les yeux), au moins, dites-le moi. Je
« tâcherai de supporter cette humiliation de façon à augmenter
la bonne opinion que vous avez enfin prise de mon caractère. »

ne put s'empêcher d'être touché d'un tel dévouement de sa chère *Marianne*, qu'il avait devinée sous son voile d'anonyme, et se remit à lui écrire, après une assez grande interruption.

Leur dernière rencontre date du mois d'août 1772, et ils n'eurent plus de relations depuis la fin de 1776. Leurs lettres nous apprennent, entre autres faits, qu'elle aurait voulu trouver une terre dans le voisinage de Rousseau.

N'est-ce pas un tort à lui de n'avoir fait aucune mention, ni dans ses *Confessions*, ni dans aucun de ses autres livres, d'une personne aussi distinguée, et qui, dans toutes les circonstances, s'était exprimée de la manière la plus flatteuse et la plus aimable pour lui; d'une personne enfin dont l'amitié désintéressée méritait plus de reconnaissance? Et cependant, combien Jean-Jacques n'a-t-il pas entretenu ses lecteurs de lui, de ses relations de société, de ses succès et de ses revers, de ses haines comme de ses amours, et surtout de ses griefs, soit réels, soit imaginaires, contre un grand nombre d'individus? Une seule fois il en a parlé, et bien parlé, en écrivant à M. Guy, de Wooton, le 7 février 1767, au sujet de la défense dont il a été question plus haut.

« Voici une lettre pour elle, à laquelle je n'ose « mettre son nom, à cause des risques que peuvent « courir mes lettres, mais où elle verra que je la re- « connais bien. Je vous charge, monsieur Guy, ou plutôt

« j'ose vous permettre, en la lui remettant, de vous
« mettre, en mon nom, à genoux devant elle, et de
« lui baiser la main droite, cette charmante main,
« plus auguste que celles des impératrices et des reines,
« qui sait défendre et honorer si pleinement et si no-
« blement l'innocence avilie. »

Ce que j'ai appelé la passion de madame de Franqueville, survécut à celui qui l'avait produite et en-
couragée. Il était mort en 1778; elle combattit ceux
qui attaquaient la mémoire de l'auteur de *la Nouvelle
Héloïse* et d'*Émile*, et n'eut pas même alors la vanité
de mettre son nom en évidence. Elle s'entendit avec
Dupeyrou pour justifier leur ami commun de l'accusation d'ingratitude envers Milord-Maréchal (Keith),
accusation qui avait été intentée par d'Alembert.
Ayant rassemblé les pages dans lesquelles elle l'avait
défendu, vivant, elle y ajouta quelques morceaux,
et publia le tout sous le titre de *la Vertu vengée
par l'Amitié*, ou *Recueil de lettres de Jean-Jacques Rousseau, par madame de ****. Ces lettres sont
au nombre de quatorze, et font partie du tome xxviiie
de l'édition de Poinçot

On a imprimé que, devenue veuve depuis longues
années, elle avait terminé sa carrière en 1789, et
on a assuré qu'elle était morte dans l'hospice d'un
village voisin de Paris, ce qui donnait lieu de croire
qu'elle était tombée dans une extrême détresse, d'autant plus qu'elle laissa, disait-on, une fille deman-

dant l'aumône. Mais il est constant qu'elle est morte
bien avant la révolution ; et un de ses petits-neveux,
âgé aujourd'hui de soixante-six ans, déclare ne l'avoir
jamais connue. Il n'est pas plus vrai qu'elle fût arrivée jusqu'à la misère : outre sa légitime, qui s'élevait
à plus de 80,000 francs, elle était chargée d'une sub-
stitution considérable, qui a eu son effet au profit
de ses nièces, mesdames de Périgny et de Montrond,
ce qui fait supposer qu'elle était plus près de l'opu-
lence que de la pauvreté.

Elle avait passé la dernière partie de sa vie avec
une amie, madame Prieur d'Ivernois, ancienne re-
ligieuse, qu'elle avait contribué à faire relever de
vœux arrachés par la violence, et pour qui elle avait,
autant que ses moyens le lui permettaient, réparé
les torts de la fortune. Du reste, sa noblesse d'ame,
sa générosité, étaient souvent poussées trop loin.
Égarée par l'extrême bonté de son cœur, elle était
facilement dupe de gens indignes de ses bienfaits.

Ce n'est point l'unique erreur qu'on puisse repro-
cher à sa sensibilité ; car, par une disposition fort
innocente sans doute, mais un peu ridicule, sa com-
passion pour les animaux malades égalait presque
ce qu'elle ressentait pour l'humanité souffrante. Rien
de si naturel que d'aimer les animaux, d'être fâché
de les voir en proie à des infirmités, et surtout
maltraités injustement, sans utilité réelle ; mais
entendre fouetter un cheval désolait madame de

Franqueville ; aussi avait-elle beaucoup de peine à quitter son appartement, de peur d'être exposée à des *malheurs* semblables. Le temps où elle vivait était celui ou régnaient, dans leur plus grande force, la philosophie nouvelle et l'esprit de société que j'ai dépeint précédemment. On donnait alors, avec trop de facilité, carrière à tous les genres d'exagération. Ce fut une mode, de s'attendrir sur tout, et la fausse sensibilité eut son règne comme le mauvais goût. Madame de Franqueville s'en tint à être exagérée dans le bien.

On lui a attribué des vers écrits sur un mur de la ferme de l'île Saint-Pierre, en Suisse, et que Hérault de Séchelles, en 1793, fit graver sur la porte des *Charmettes*, maison de campagne de madame de Warens, auprès de Chambéry. J'y suis allé nouvellement, non pas en pélerinage, mais pour juger par moi-même d'une habitation si vantée, et qui, dans son état actuel de destruction, n'a de remarquable que ses souvenirs et le chemin riant, frais et bien ombragé, qui y mène. Voici ce que j'ai lu :

Réduit fameux par Jean-Jacques habité,
   Tu me rappelles son génie.
Sa solitude, sa fierté,
Et ses malheurs et sa folie.
Toujours, hélas ! persécuté
Ou par lui-même, ou par l'envie.

6

Contemplons au flambeau de la philosophie,
Un grand homme et l'humanité (1).

M. de Musset-Pathay, le plus zélé de tous les éditeurs de Rousseau, a nié que madame de la Tour-
Franqueville fût l'auteur de ces vers. C'est donc seulement grâces à son admiration passionnée pour un
des plus fameux écrivains du XVIIIe siècle, admiration
qu'atteste tout ce qui est sorti de sa plume, qu'elle
pourra passer à la postérité, si toutefois nos neveux,
se bornant à lire les meilleurs ouvrages du philosophe de Genève, ne laissent pas de côté la plus grande
partie de son cortége.

(1) Je crois que les deux derniers vers ont été ajoutés par le
représentant du peuple.

FIN DES NOTICES.

TABLE DES MATIÈRES.

www.ingramcontent.com/pod-product-compliance
Lightning Source LLC
Chambersburg PA
CBHW060438260626
47161CB00005B/1985